O domador de burros
e outros contos

VOZES DA ÁFRICA

Aldino Muianga

O domador de burros
e outros contos

kapulana

São Paulo
2015

Copyright © 2012 Sociedade Editorial Ndjira, grupo LeYa, Moçambique.
Copyright © 2015 Editora Kapulana Ltda.
Copyright das ilustrações © 2015 Dan Arsky

A editora optou por manter a ortografia da língua portuguesa de Moçambique.

Coordenação editorial:	Rosana Morais Weg
Projeto gráfico e capa:	Amanda de Azevedo
Diagramação:	Carolina Izabel da Silva
Ilustrações:	Dan Arsky

Dados Internacionais de Catalogação na Publicação (CIP)
(Câmara Brasileira do Livro, SP, Brasil)

Muianga, Aldino
   O domador de burros e outros contos / Aldino Muianga ; [ilustrações Dan Arsky]. -- São Paulo : Editora Kapulana, 2015. -- (Série Vozes da África)

   ISBN 978-85-68846-07-0

   1. Contos moçambicanos 2. Literatura africana I. Arsky, Dan. II. Título. III. Série.

15-09226   CDD-869.3

Índices para catálogo sistemático:
1. Contos : Literatura moçambicana   869.3

2015

Reprodução proibida (Lei 9.610/98).
Todos os diretos desta edição reservados à Editora Kapulana Ltda.
Rua Henrique Schaumann, 414, 3º andar, CEP 05413-010, São Paulo, SP, Brasil.
editora@kapulana.com.br – www.kapulana.com.br

Dedicatórias

Aos meus pais
...que me ensinaram os valores do Amor, da Justiça, do Trabalho e da Solidariedade...

À Karol
...no abrigo sereno do teu porto ancoro, no fim da viagem por este mar encapelado das palavras...

Ao Hugo, ao Dico e ao Mick
...porque vos intimidam as vozes dos ventos das florestas?...
...elas são só o prelúdio de bonança...

À memória do Professor Marcelino Ualátea
...maconde velho que me soletrou os alfabetos da rima e da prosa...

E a todos aqueles que amam a Cultura e a Literatura de Moçambique

MUITO OBRIGADO!

Apresentação
09

Aldino Muianga, entre nós e com as gentes,
de Nazir Ahmed Can (Kapulana, 2015)
11

Prefácio, de Gita Honwana Welch (Ndjira, 2013)
13

O Domador de Burros
16

O Totem
48

O Filho de Raquelina
60

O Estivador
74

A Rosa de Kariacó
82

Djossi, o Crocodilo
100

Conto de Natal
108

Glossário
121

Obras do Autor
123

Apresentação

ALDINO MUIANGA, moçambicano, é escritor experiente, autor de vasta obra em que predominam os contos. A Editora Kapulana tem a honra de apresentar a primeira edição brasileira de um livro de Aldino Muianga: *O domador de burros e outros contos*.

Muianga trata o texto com cuidado e graça ofertando ao leitor uma obra encantadora. Voz e escrita harmonizam-se durante o percurso dos sete contos que lemos em *O domador de burros e outros contos*. A voz de Muianga nos sussurra os caminhos a percorrer, enquanto sua mão nos conduz por trilhas no tempo e no espaço de Moçambique.

Essa condução segura, longe de nos entediar, nos deixa perplexos. Durante essa viagem, o leitor conhece, ou reconhece, pessoas e lugares vivendo situações aparentemente simples, mas sempre surpreendentes.

A Editora Kapulana agradece ao autor, sempre atencioso e prestativo; a Francisco Noa, que nos apresentou Aldino Muianga; à editora moçambicana Ndjira que nos cedeu a obra em prol da cooperação e do intercâmbio cultural entre Moçambique e Brasil, e a Nazir A. Can, que faz o prefácio desta edição.

São Paulo, 8 de outubro de 2015.

Aldino Muianga, entre nós e com as gentes

Ambientadas nos subúrbios do período colonial, as narrativas de O Domador de Burros e Outros Contos inserem-se em uma longa tradição literária moçambicana que faz do gênero, o conto, um lugar de permanente reinvenção. A proposta de Aldino Muianga – que inicia seu projeto nos anos 80 – possui, além disso, algumas singularidades.

Articulando descrição e reflexão de modo humorado e simultaneamente didático, seus narradores fazem da oralidade menos instrumento que objeto. Com efeito, o registro linguístico do autor, mais próximo do clássico, não prescinde de uma busca pela musicalidade nem de uma pesquisa sobre a energia das tradições nos espaços marginalizados. Essa opção, aliada ao domínio do gênero e à intimidade com as paisagens socioculturais focalizadas, permite a Aldino Muianga unificar literariamente o coro de vozes erguido por suas narrativas.

A intermitência de suas personagens, em constante trânsito (os "deslocados do norte", os que partem do campo para a cidade ou, então, os que se aventuram nas minas do "Djone" – Johanesburgo) e em contínua invenção de malabarismos que assegurem sua sobrevivência, em um momento histórico que, seguindo critérios de raça e de classe, os remete à imobilidade e à subvivência, confirma também a arguta aposta do autor em fundir as coordenadas de existência tempo e espaço. Ao trazer para suas estórias a materialidade do universo periférico (os lugares do trabalho, a gastronomia, o rumor, etc.) e o peso simbólico das práticas do sul de Moçambique, em tempos mais propensos aos "cordões sanitários", Aldino Muianga nos convida a pensar no modo como as dinâmicas de poder criam abismos, inclusive entre oprimidos, mas também inspiram criativas formas de sublevação.

A figura do colonizador é, todavia, residual nestas narrativas. O que não reduz o impacto de sua presença. Ela se faz sentir de maneira subterrânea, mas contundente, a partir da inscrição de uma estrutura internalizada de violência ("A tensão pega-se com as mãos") que corrói os elos comunitários ("Tudo verga, em desequilíbrio"). Nesse contexto, enquanto algumas personagens se empenham "em tácticas para envolver inocentes nos males que enferma a comunidade", outras são exploradas "até ao tutano dos ossos". Há ainda aquelas que exercitam estratagemas, nem sempre legais, para minimizar a precariedade a que são submetidas. Finalmente, existem outras que apenas julgam, no quadro, por exemplo, das tradicionais banjas. Ninguém, porém, escapa do escárnio dos narradores. Nem mesmo os desvalidos: "O que estamos aqui a fazer é o mesmo que esfaquear um morto – filosófica e fúnebre opinião de um velho mestiço (...) Sentara-se na ponta de uma fila, no meio da concentração, no estratégico ponto onde se inicia o circuito da caneca".

O conflito, enquanto motor do conto, mas também, em sentido mais lato, enquanto elemento estruturador da sociedade colonial, confere unidade às sete narrativas que se seguem, elaboradas por um autor que faz entrecruzar de maneira instigante forma e conteúdo, escrita e oralidade, tempo e espaço, história e estória. Que Aldino Muianga, no Brasil, não se fique pela estreia. Mas que ela, entretanto, seja saudada como merece.

Nazir Ahmed Can
Universidade Federal do Rio de Janeiro - Outubro 2015

Prefácio
da Sociedade Editorial Ndjira, Lda.

Bem vistas as coisas a história dos burros e do seu domador pode ter sido uma maneira astuta de explicar assuntos de hoje com um refrão de ontem. De mostrar todas as inevitáveis interligações. Do tempo de civismo de antigamente (os compadres e as comadres demorando-se na cumprimentação), ao tempo mais agitado da desintegração e do já-não-saber-ser, ("já não é como dantes").

Quando uns comiam tripas compradas à porta de casa e eram felizes (eram?), outros eram infelizes porque limpavam os baldes das retretes das ditas casas. A cheirar a tripas, certamente.

Estas histórias de Muianga são de uma simplicidade intrigante. Contudo, de uma dimensão documental. O livro é cheio de descrições evocativas de um passado muito presente; o livro exala uma melancolia deliberada em que enfermeiros, régulos, camponeses e estivadores ganham a dimensão de actores de um teatro comunitário.

Depois de escrever quatro livros, neste, Muianga propõe uma viagem, e desta feita ele ciceroneia-nos. E como voltar, depois de muito tempo, aos subúrbios onde muitos de nós crescemos, há muitas décadas atrás. Eu desconfio que as imagens, tão nostálgicas quanto positivas, tão alegres quanto tristes, e mesmo conflituantes, ajudam a compreender o às-vezes-sòzinhismo-a-
-mais dos habitantes dos Matorsines de hoje.

Entre burros, parricidas e enfermeiros há a vulnerável e bela Soraya do estivador, numa história do tipo David-e-Golias. Ela no papel de David e ele de Golias. No fim ganha sempre algum David!

Tudo quanto escrevi acima é um fingimento para disfarçar a insuficiência da minha escrita. Quero fazer justiça ao livro e ao autor. (E não é só porque já fui da Justiça Popular). No fundo, no fundo, o que eu quero deixar aqui, neste meu comentário, pode-se sumarizar assim: "O Domador de Burros e Outros Contos" é um testemunho de que há iniciativas literárias que desafiam e até mudam de forma criadora, as percepções e expectativas existentes entre autores, leitores e críticos. Não obstante, o mérito fica sempre, o de relatar um período da vida Moçambicana que alguns começam a deslembrar activamente, principalmente nesta altura em que já ninguém vende tripas transportadas por burros, de porta em porta.

Desta forma, Aldino Muianga atacou e venceu mais um dos seus temas.

Gita Honwana Welch - 2003

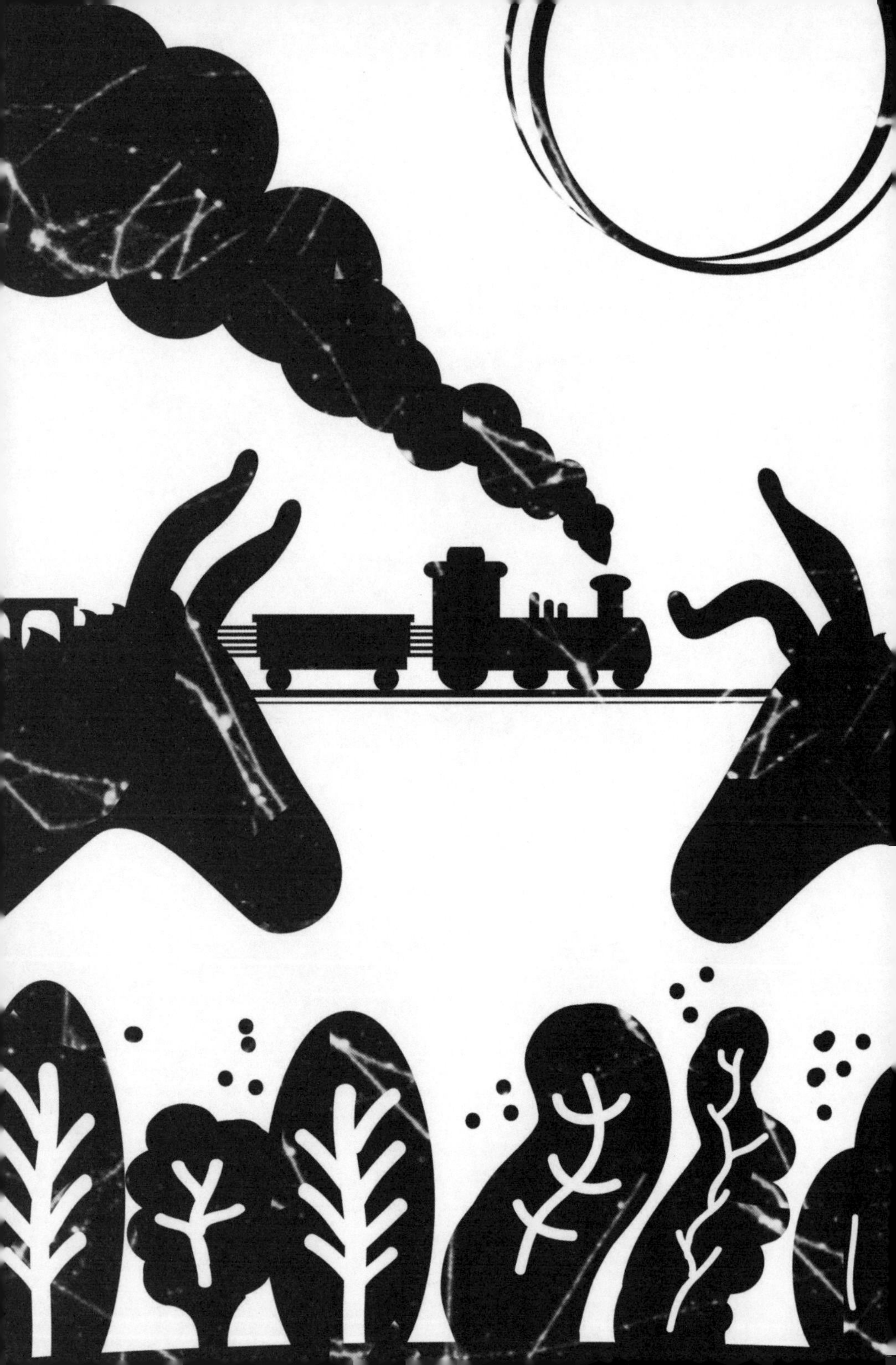

O Domador de Burros

A população do bairro de Matorsine está em armas. Já não é como noutros tempos, em que todos se demoravam a saudar-se, a recontar novidades. Não! Vizinhos e amigos deixaram de se falar; brandem agora uns contra os outros palavras de ira, ameaças de morte.

O centro da discórdia reside na pessoa de Jaime Toto, um forasteiro que para ali se plantou, vindo dos matos de Marracuene para dividir o povo com truques e artimanhas.

Toto é um personagem pitoresco. Até à data de emigrar para a cidade vivera lá nas baixas do rio Incomáti, divididas as suas actividades entre o trabalho eventual nas plantações dos chineses ou por conta-própria. Já desde a adolescência revelara virtudes que espantavam até os mais velhos. Era pessoa de escutar e compreender a linguagem dos animais. Aos balidos dos cabritos respondia com igual sinal e as bestas vinham, mansas, ajoelhar-se a seus pés; aos cantos dos pássaros, assobiava uma contrassenha e era só ver os bichos virem às dúzias empoleirar-se nos ramos das árvores das proximidades; às galinhas da casa não necessitava de afugentar com pedradas, cacarejava ameaças e elas afastavam-se, obedientes, para ir bicar longe. Com os cães executa números e acrobacias circenses que põem risos nas bocas das pessoas e deleitam as crianças. É um mago dotado de esquisitos poderes com que submete e avassala as bestas.

Não criou raízes lá na aldeia. A conselho dos mais velhos desceu à cidade para aí investir seus dotes, os quais, bem aplicados, fariam dele um homem de fama e fortuna. E bem podia – porque não? – ser contratado por esses circos sul-africanos que demandam a capital e daí viajar para conhecer o mundo.

Sobre a data da sua chegada a Matorsine não existem registos nem certezas. Tornou-se, isso sim, costume vê-lo aí na vizinhança da mercearia do Manuel que, ninguém sabe como, emergira ali no meio daquelas casas de caniço e de madeira e zinco. Vive numa arrecadação, que aluga nas traseiras da casa da dona Zefa, perita na confecção de uputso e proprietária de uma banca de peixe no bazar do Diamantino. De acordo com o testemunho de uns, que juram terem presenciado o facto, desembarcou do comboio de Marracuene naquela hora das nove da manhã, na companhia de dois jumentos, que viajaram clandestinos a bordo do vagão de carga, com a cumplicidade do fiscal, ao qual Toto untou as mãos e fechou os olhos com um cabrito.

Os asnos, como é de se ver, vivem ao relento, num descampado sombreado de mafurreiras, junto ao fontanário público da zona. Para aí ele traz-lhes ramagens e folhas de plantas que colecta dos morros das proximidades.

Homem de iniciativa, empreendedor e observador, Toto não se demorou a descobrir que existiam importantes lacunas na rede comercial do bairro. Se da cantina do branco a população obtinha o pão e o vinho, havia carência de estabelecimentos que fornecessem carne fresca e barata. A que se consome é a dos talhos da cidade, cara e, na maioria dos casos, congelada e sem paladar.

Estabeleceu com as autoridades do matadouro municipal um contrato que o habilita a fornecer-se de miudezas das cabeças ali abatidas. Com o apoio de um ajudante delimitou zonas de abastecimento em produtos frescos. Assim, simultaneamente gerente e trabalhador da sua própria empresa, cobre todo o Matorsine, o Vulcano e o Chamanculo. Muzinga, o ajudante, tem como zonas de influência o Minkokweni, o Silex e parte do bairro do Cemitério.

Naquela hora de ócio das três da tarde, em que as comadres se espreguiçam à sombra das árvores ou nas varandas das casas, e soltam as línguas em conversas sem maldade, é habitual ouvir-se o sinal de aproximação de Toto.

– Fiiiuuu! Fiiiâââ!. Fiiiuuu! – é o assobio, estridente, que se eleva sobre as cercas de caniço. – Fiiiuuu! Fiiiâââ!...

– E o homem das tripas – palavra passa palavra. As donas de casa deixam as esteiras e os afazeres para, de pratos e tigelas nas mãos, cercarem o talheiro ambulante.

– Não precisam de se empurrar. O fornecimento chega para todas – anuncia, diligente, com os olhos a luzirem de alegria. O negócio é promissor. Ao lado do burro, serve a clientela com presteza e astúcia. Uma mão faz de balança, a outra retalha um pedaço.

– São dois escudos – comunica à cliente acabada de servir. Os caixotes transbordam de miudezas e vísceras: desde as bexigas – regalo da miudagem e matéria-prima com que se improvisam bolas de futebol – aos intestinos, à dobrada para assar nas brasas, bem ao gosto das mulheres; sem esquecer os testículos de boi cozidos com água, aperitivo exclusivo para os cavalheiros, que deles não prescindem e que tão bem escorregam com uma caneca de fermentado.

– Fiiiuuu! Fiiiâââ!... – o assobio faz-se de novo ouvir, desta feita para anunciar a partida para outros mercados, onde a sua chegada é saudada com alegria.

O burro, pachorrento, obedece ao comando do mercador sem hesitações. Conhece-lhe a voz e adivinha-lhe os desejos.

Sacode-se de moscas com a longa cauda, evidência de mestiçagem com umas mulas vagabundas, na vizinhança da casa dos pais em Nkompfeni. Flecte as pernas traseiras e alivia-se de pressões intestinais com uma volumosa evacuação, esverdeada e sólida, composta de folhagem competentemente triturada e digerida. O carrego dos caixotes sobre os lombos é trabalho leve. Tarefas de maior envergadura desempenhara lá em Nkompfeni donde Toto o trouxera. Ao anterior proprietário, preferia este, que até lhe dá o comer à boca.

Muzinga é também todo trabalhos. Desde que divergem rotas às portas do matadouro, cobre as suas áreas onde a clientela engrossa em cada dia que passa. E os lucros! O cair da noite é o momento da contabilidade. Contados e somados os ganhos diários até ao último centavo, a este passo, lá para o fim do ano poderão adquirir uma carroça para atrelar aos bichos e transportar mais mercadoria. Para já é acumular dinheiro, fazer economias.

Não fica por aqui a actividade do vendedor de tripas. A exploração das virtudes com que os deuses o prendaram é, afinal de contas, a razão principal da sua vinda para a cidade. Para isso trouxera de Marracuene os animais, que até pouca ou nenhuma valia – dizia – faziam ao antigo dono. Estavam por lá a engordar sem fazer coisa que se visse. Então, e como proverbialmente sentenciava o avô, as coisas pertencem a quem as utiliza, vai daí, naquela noite sem lua, soltou os nós às cordas que aprisionavam os bichos. E em menos tempo do que leva a nascer o dia, embarcou-os no comboio das seis e, ala, Lourenço Marques! Para trás ficou o alarido sobre o desaparecimento dos burros. Aqui estão seguros, bem tratados e a render o que devem. Também onde já se viu um burro dorminhoco, a empanturrar-se à custa do dono, sem lhe dar proveito nenhum? O que ficou a comentar-se lá na terra tanto se lhe dá como se lhe deu.

Tornou-se vedeta nos meios da diversão e do entretenimento, pela originalidade e pela bizarrice dos números que executa com o burro, agora vestido com o artístico nome de *Swing*.

Nas tardes dos fins de semana é comum vê-lo nas pracetas dos bairros ou em improvisados palcos entre as esquinas dos quarteirões. Multidões para aí acorrem, rodeiam os artistas e acotovelam-se para testemunhar aquelas maravilhas.

– Queres saber do teu futuro? Pergunta aqui ao *Swing* – convida a assistência. Um curioso deita uma moeda no bocal do chapéu pendurado por um cordel ao pescoço do animal. Com as mãos em concha, Toto envolve um ouvido do parceiro e aí transmite a mensagem do cliente. Entre os dedos fumega um cigarro, o que lhe confere o estilo e a distinção dos prestidigitadores. Não era ainda terminado o discurso e já o burro se encabritava, escouceando o ar. Sacode a cabeça com vigor e desespero, e abana freneticamente as longas orelhas.

– Hoiiimmm!... Hoiiimmm!... Hoiiimmm!...

– O animal está escandalizado, oh-oh-oh! Está chocado com a sua má sorte. Uma desgraça está a caminho. Se tem problemas de dívidas é melhor pagá-las. Só assim é que pode contrariar a força dessa nuvem negra que paira sobre a sua vida.

A revelação espanta os presentes. E conhecido o facto de o alvejado ser um caloteiro de mão-cheia, que deve dinheiro a toda a gente, e até deve a comida que come.

– Hoiiimmm!... Hoiiimmm!... Hoiiimmm!... – é *Swing* a estrebuchar de novo, na adivinhação do futuro doutro espectador.

– Que os deuses nos abençoem! Está aqui uma mulher como poucas. Você, mamã, tem à sua frente uma vida cheia de brilho. Ou vai ganhar na lotaria ou há casamento à porta. Em troca só peço mais umas moedinhas aqui no chapeuzinho.

A sessão prolonga-se horas fora. Para cada cliente um diagnóstico e, como é da praxe, o ansiado prognóstico do futuro. Em cada praça ou esquina, aglomera-se gente à volta de ambos, animal e mensageiro, para lhes admirar os dotes e agradecer-lhes as revelações. E Toto acumula fama e fortuna. O seu nome é citado nas conversas, seus poderes exaltados com paixão.

Para estas exibições prefere o macho. Com a fêmea matara-se a tentar ensinar-lhe alguns números simples, mas naquela cabeça não entrava mesmo nada. Ainda tem na memória o trabalhão daquele dia em que, depois do truque do cigarro, a idiota pôs-se a espernear e desatou numa chinfrinada que até parecia que a estavam a degolar sem anestesia. Teve de lhe meter umas pauladas entre os lombos para a disciplinar. Era a mais burra de todas as burras que conhecia, chiça!

Vão humores neste tom, faz já seis meses. A vida corre igual, numa monotonia quebrada aqui e acolá por um pequeno escândalo que, pelas bocas das pessoas, cresce e ganha as proporções de um escândalo mundial: é um ladrão que foi apanhado a roubar patos e espancado; é o adúltero que foi surpreendido em cama alheia, justiçado e esfaqueado; é a polícia de choque nos assaltos às bhangas e destilarias de aguardente. E, enfim, o dia a dia do povo.

Ia a tarde daquele sábado de Páscoa a meio. No ar suspendia-se o clamor absurdo de canções de bebedores de uputso ou de música de gira-discos e rádios. Nada fazia suspeitar que daí a momentos iriam ter lugar as ocorrências, os fenómenos despoletadores da guerra que iria dividir o bairro de Matorsine. Um pequeno-nada que, com um pouco de tolerância e compreensão, teria passado ignorado, por insignificante e caricato.

Pois, vinha o senhor enfermeiro Maurício pelo largo do fontanário a caminho de casa, em animada conversa, ao lado, a dona Vicentina, vizinha e comadre de longa data. Passam pelas mulheres que, junto às torneiras, disputavam vez de encher as latas. Prosseguem a curta jornada pelo descampado onde se encontram açaimados os burros de Toto. Mas eis que o macho se empertiga sobre as patas traseiras, retesa o corpo e, despudoradamente, desembainha dos genitais o falo enorme e põe-se a trotar atrás da comadre Vicentina, como o faria se perseguisse uma fêmea da sua espécie. Num pânico justificado, ela grita por socorro e escapule-se para a segurança de um quintal próximo, cheia de ânsias e palpitações.

– Ah-ah-ah, o burro parece que viu nela uma da raça... Conosco nunca tal aconteceu, ah-ah-ah... – galhofa geral das mulheres do fontanário, que não morriam de amores pela dona Vicentina, toda cheia de ares e poses, como se fosse uma branca de elite.

Aos olhos do enfermeiro Maurício isto é o cúmulo do desrespeito, uma enormidade, um insulto incomensurável à sua pessoa, à pessoa da comadre e à comunidade. O debochado do asno atrevera-se, ali diante de si, em pleno dia, a adiantar-se, a atravessar-lhes o caminho e exibir aquela indecência toda sem olhar ao seu estatuto e à sua posição.

Já muitas haviam feito aquelas bestas mais o dono, mas desta feita foram longe demais. Existe uma medida para tudo e para tudo tem de haver limites, arre! Apressa-se a penetrar no quintal daquela casa para prestar a adequada assistência à vítima. A comadre arfa ainda, cheia de aflições, e tem os olhos esbugalhados de medo.

Ah, se o burro a alcança, sabe Deus Nosso Senhor as consequências! Nem quer imaginar. O que vale é que deram rédea curta ao monstro. Aquela era uma visão que, com certeza, iria atormentá-la noites fora, feita fonte de insónias e de pesadelos.

O senhor enfermeiro Maurício é um cidadão insuspeito,

respeitador e pronto a dar a mão ao seu semelhante, se para isso for o caso. Seu maior desgosto é ter como vizinhos esta multidão de broncos analfabetos que deixam passar tudo debaixo dos olhos, sem dizer palavra, conformados num fatalismo que até irrita. Sabe, porque a sua vasta cultura assim lho diz, que a maior felicidade das comunidades é não terem necessidade de pensar, tem quem o faça por elas. Neste bairro calcula à roda de noventa e cinco por cento a percentagem dos deixa-andar, dos não-pensantes – o regedor incluído –, uns cordeiros amansados. Leva assim a ombros o calvário de ter de raciocinar pelos outros e ditar decisões pela boca do mesmo regedor, o qual só a abre para comer e beber, e a quem ele, o senhor Maurício, intimida com o peso da ciência que desbobina. Chegara o tempo de se impor a ordem, o respeito e o civismo no lugar. Sente imensa pena pelo ocorrido com a comadre Vicentina, mas ela que se tranquilize, porque a hora do desforço é chegada. Desde há umas semanas para cá que está envolvido numa secreta campanha de recolha de informações, corroboradas de factos e denúncias, sobre as suspeitas actividades do charlatão do Toto, para lhe pôr fim à carreira. O vergonhoso acontecimento desta tarde viera mesmo a-propósito; era o erro fatal com que se enterrara o inimigo.

Dados os seus poderes e influências, ainda pela voz do representante das autoridades, convocou uma banja, a qual teria lugar na praça das cerimónias públicas. A conferência foi concorrida. Constituiu o marco que, oficialmente, iniciou as hostilidades e cavou o abismo que dividiu aquele povo, até aí coeso e fraterno.

Debaixo da sombra do baobá que se alevanta na praça maior do bairro, junto ao palácio do regedor, as multidões confluem envolvidas em nuvens de poeira e no meio de uma grande algaraviada. Cada um toma o seu lugar, os homens em banquinhos, as mulheres em esteiras. Há expectativa no ar, a tensão pega-se com as mãos.

À mesa de honra, lá junto ao tronco da árvore, desfilam as figuras gradas do meio: o regedor e seus conselheiros. Nas primeiras filas os acólitos e simpatizantes, aqueles que bebem e comem à custa de adular o nutrido representante da lei. Um dos conselheiros ergue-se a custo e toma a palavra. Saúda os participantes e delega ao senhor Maurício a missão de anunciar a razão e o fundamento daquela concentração. Este não se faz de demoras. Tossica, para aclarar o timbre da voz e disse:

– Meus caros vizinhos e amigos. Desde há meses a esta parte, temos estado a assistir neste bairro à ocorrência de factos que, pela sua natureza, ferem e contrariam os princípios morais e sanitários com que se pauta a nossa vida. Sabemos todos que a paz e o entendimento que respiramos fazem de nós, do nosso bairro, o mais respeitado, o mais admirado entre todos destes subúrbios desta bela cidade que é Lourenço Marques, aquele que, graças à nossa apertada vigilância, tem merecido do governo os mais vibrantes elogios. Mas esses tempos já pertencem ao passado. A nossa paz foi violada, a nossa fraternidade conspurcada pela maledicência e pelo boato. E tudo graças a quê e a quem? Tudo graças à acção maléfica de forasteiros que, abusando da nossa hospitalidade, aqui se infiltraram para lançarem a semente da imoralidade, do banditismo, da exploração, da mentira e, o que é mais grave, infecta o bairro com a náusea dos excrementos e a podridão dos produtos que negoceiam, ainda por cima, sem as devidas licenças e atestados.

O enfermeiro Maurício é um político. Aquele discurso tem um alvo e uma intenção. Ele sabe dirigir as palavras. Avança por aproximações. Prepara aquelas cabeças ocas com imagens e flutuações para, por fim, cair sobre a vítima, aniquilá-la sem dó nem piedade, com o aplauso e a completa concordância da assistência. Aprendera, onde não se lembra, que as multidões arrastam-se. O que é necessário é conhecer as tácticas.

– Pontuemos os problemas – a voz sobe em crescendo, as mãos no ar, a esquematizar situações, a materializar memórias. Os olhos do auditório revelam curiosidade pelo fervor do orador, mas as palavras leva-as o vento porque os pensamentos das pessoas voam distantes. – Quero aqui lamentar que em tão má hora acolhemos no nosso seio esse vendilhão de tripa podre que consigo trouxe esta série de desgraças que, com a vossa licença, passo a enumerar. Em primeiro lugar, o problema sanitário. O senhor Toto – ou lá como se chama – na companhia dos seus burros, transporta desde o matadouro até ao nosso bairro produtos em adiantado estado de putrefacção, para aqui os vir vender. Traz atrás de si nuvens de moscas que, como todos vocês sabem, são vectores de doenças transmissíveis. Ao longo dos caminhos, os burros deixam o chão atapetado de excrementos que só dá nojo ver. Até corta o apetite, meus senhores. Ora bem, as moscas, poisando sobre os excrementos e sobre a tripa, carregam nas patas micróbios que contaminam a água que bebemos e os alimentos que consumimos. Sem falar no cheiro nauseabundo que se espalha no ar. Tenho estado a tratar de alguns membros desta comunidade com desarranjos intestinais contraídos assim. – Faz uma pausa para auscultar os efeitos dos do palavreado. Aqueles broncos nem pareciam estar ali presentes. Um burburinho surdo inicia-se lá nos fundos: uma caneca de fermentado começara a circular entre a assistência. Cada um baixa a cabeça para beijar o recipiente e dele sorver os goles de direito. Parecia que a iniciativa produzia melhores efeitos do que a lenga-lenga do enfermeiro. "Ele está praqui com este palavreado todo que não diz nada a ninguém. Isso de vectores que cheiram mal, de excrementos transmissíveis e da imoralidade dos produtos é paleio lá do hospital masé. Por causa das moscas ainda ninguém morreu aqui no bairro. Se se queixa dos cheiros, ele já olhou para aqueles baldes todos a transbordar? Onde estão os homens da Câmara para os despejos? Onde estão os carros do lixo para a recolha dos montes de desperdícios dos bazares e das casas? Agora a culpa disso é toda do Toto... pfiu!" – comentário duma mulher ao ouvido doutra, em tom de segredo.

A caneca continua a circular, a bebida a fazer das suas. Os ânimos alevantam-se. Sussurros e cochichos abafam a voz do orador.

– A porcaria é tanta, que noutro dia embarquei no machimbombo para a cidade, a caminho do trabalho. De repente notei que os outros passageiros franziam os narizes com o cheiro pestilento que exalava a bordo. Verifiquei que era eu o causador daquela aflição: a sola do meu sapato estava toda coberta do... lodo desses animais. Vejam ao que chegámos, meus senhores!... – e suspende os braços no ar, cheio de fingido pesar.

Um sonoro coro de gargalhadas interrompe-lhe o discurso. Todo o dramatismo que pretendera pôr no caso diluía-se assim na falta de seriedade dos vizinhos. – "Mas também como pode ser assim? Custa a crer que ele esteja a falar verdade. Onde já se viu uma pobre mosquinha transportar suspensa nas patas tão grande carga como é a bosta de um burro, que até pode ser do tamanho de um pão inteiro, mais ou menos, e conforme a refeição do animal? Como pode ele falar desta maneira? Mesmo de um burro pequenino..." – cochicho doutra mulher no meio da assembleia.

– O senhor está a queixar-se de que existe muita sujidade

de burro aqui, não é isso? Pois fique a saber que quem fica a ganhar com isso é a comunidade. Isso de cheiros eu cá nunca senti nada, e não me parece que seja problema para ninguém. Digam-me, com que é que se estrumam as hortas nos quintais das vossas casas? De que se alimenta a alface, a cebola, o tomate e as couves que se vendem ali no bazar? Já não precisamos de ir à cidade para comprar esses pós que só nos envenenam as terras. Deus foi misericordioso ao enviar esta dádiva para nós. E por aquilo que sei, e não sei pouco, o senhor enfermeiro mais os seus amigos até mandam apanhar o esterco com padiolas para espalhar aí nos canteiros, ou estou a mentir? – é a Tia Zefa, frontal, sem papas na língua. Há já muito que queria apanhar este presunçoso pela frente para lhe dizer duas palavras. E por Toto, pagador pontual das rendas e fiel fornecedor de produtos para os petiscos tão necessários na sua bhanga.

– Em segundo lugar, coloca-se o problema da poluição sonora. Já não se pode descansar neste lugar. Nem durante o dia, muito menos à noite – continua a ignorar o ataque. A saliva sabe-lhe a amargo.

– Ah, lá isso é verdade, senhor enfermeiro – aplaude alguém no meio da concentração. Tem um rosto avelhentado, as bochechas caídas e olhos de dorminhoco. – Nem de dia, nem de noite.

– E como estão a ver: há aqui muita gente que sente o problema como eu, mas que não fala porque nunca teve oportunidade ou porque está com medo. É lamentável que depois de um dia de trabalho e canseiras, regressemos a casa para sofrer a tortura do barulho que, noite fora, os burros fazem. Durante o dia é esse concerto de assobiadelas; à noite é uma zurraria infernal até ao amanhecer. Onde está o nosso direito ao descanso? O que é feito daquelas noites de paz e sossego, não me dizem?

– Com a sua licença, senhor enfermeiro – é a voz duma

mulher com cara de ratazana e um corpo minúsculo. Ajeita a capulana e investe. – Isso que está a dizer não é verdade. Antes da chegada de Toto não comíamos os petiscos com que hoje nos regalamos. Nós gostamos, e os nossos maridos também. Para comprarmos umas tripinhas antes tínhamos de ir à cidade onde tudo é caro. Não temos dinheiro que vocemecê tem para esses luxos. E como quer o senhor que se adivinhe que o homem das tripas está a chegar se ele não assobiar? O senhor não assobiava para chamar a sua mulher sair do quintal quando namoravam? Alguém se queixou por causa disso? Quanto aos zurros dos burros, deixemo-los em paz; está no seu direito, é a sua maneira de falar. E até é uma grande bênção para muitas de nós. Não somos como muitos que têm despertadores. Os burros zurram e acordam os nossos maridos a tempo de se prepararem e chegarem a horas nos empregos. Alguns até foram expulsos dos serviços por atraso antes da chegada de Toto. E – aqui faz uma pausa de hesitação – aliviam as mulheres de muitas coisas. Alguns maridos, aqui as vizinhas não me deixam mentir, parece que o diabo lhes toma o corpo pela madrugada. É a essa hora que os burros começam a zurrar e a anunciar a hora de sair da cama. Isto arrefece os ânimos dos esposos e assim adiam os programas para logo à noite.

– Tem razão a comadre – concordância em uníssono das mulheres. Bem fartas estavam dessas sessões matinais que as derreavam e enfraqueciam pelo resto do dia.

– Isso do sonoro o senhor nunca mencionou quando organiza essas festas que terminam de manhã, lá em sua casa. Falar mal dos outros não custa nada, muito obrigado – denuncia um vizinho de lado do enfermeiro, como retaliação por nunca ter sido convidado para as festas em casa daquele.

Aonde já se chegou! Que o bom Deus nos acuda! Quem diria que estes papalvos pudessem um dia abrir as malcheirosas bocas para insultá-lo ali diante de toda a comunidade, de desrespeitar as sumas autoridades, condignamente representadas pela personalidade do regedor? Ah, está se mesmo a ver, isto é obra planeada, e façanha – mais uma! – desse terrorista e boateiro do vendedor de tripas; cobras o mordam, camuflado agitador que veio subverter a sã mentalidade destes pobres cidadãos.

O enfermeiro Maurício range os dentes sem, contudo, se descompor.

O regedor continua a cortar as unhas com os dentes, já a pensar na hora de encerrar a conferência. Está a tardar para a hora do almoço que hoje, por sinal, é tripa de vaca e sumo de canhu de colheita atrasada.

– Em quarto lugar – prossegue o orador, a saltar a ordem de enunciação dos crimes hediondos, para lhes acrescer o número e a gravidade do vasto reportório dos que tem em mente – quero chamar a atenção para a ladroagem de que a população está a ser vítima. Esse tal serve-se de artimanhas para vos extorquir dinheiro. Não passa de um charlatão que usa e abusa das vossas fraquezas, das vossas crenças, para encher os bolsos com o vosso dinheiro. Já assisti a várias dessas macacadas em que ele põe o burro a adivinhar problemas. Onde já se viu uma besta, que até é chamada burro porque é burro mesmo, com capacidade para puxar pela cabeça e ler a vida de uma pessoa? É demais! Só crê nisto quem quer...

– O senhor pensa que falou? – indaga a voz irada de uma recém-pedida em casamento. – Sabe, por acaso, quem adivinhou que eu ia ser pedida? Não sabe? Hô-hô, que pena! Pois foi esse que o senhor chama de besta. Estava eu já desesperada por um marido e quem me abriu os caminhos foi o Toto com a força do animal. Muitos curandeiros, daqui da zona e doutras localidades, já haviam lavado as mãos ao meu caso. E chama o senhor a isso uma intrujice...

– Tem razão a tia, sim senhora – eco de alinhamento e de solidariedade na defesa da integridade moral e artística de Toto e seus parceiros. – Para além de nos poupar o dinheiro de ir aos adivinhos lá nos matos, alimenta acesa nos espíritos a chama das nossas crenças, das nossas ilusões, aliviados das angústias e põe em nós outras esperanças. Se nos mente, que mal vem ao mundo por isso? Não temos ouvido desde crianças piores e mais grosseiras mentiras? Que vida é a nossa neste bairro pobre senão uma grande mentira? Porque é falso que todos gostamos de viver como o estamos a fazer. Porque é uma farsa esta reunião em que somos chamados para apedrejar um homem, cujo único crime é querer ganhar honestamente o seu pão. E digam-me, quem diverte as nossas crianças aos fins de semana? Essa história de levá-las ao Museu, ao Jardim Zoológico ou à Baixa para ver a estátua do Mouzinho é já peta caduca e não faz absolutamente nenhum sentido para ninguém. Onde estão os parques infantis? Onde estão as bandas de música que na cidade tocam sem parar? Arranjem outra vítima; não culpem os burros...

– Não é bem assim, ó compadre – protesto de um sujeito chamado Rungo, pedreiro de profissão, abstémio de álcool e solteirão, forreta empedernido, um unhas-de-fome incapaz de contribuir com dinheiro para coisa alguma. Reside no bairro desde há muito tempo e discorda do anterior interveniente com uma veemência fanática. – As bandas alugam-se. Isso dos baloiços dá cabo das crianças. Sei de cabeças e de pernas partidas por causa dessas brincadeiras. O meu chefe de obras ainda falou nisso noutro dia...

– Chefe de obras... chefe de obras, mas é uma bosta!...

Olhem só quem falou! Você que nem é capaz de doar um pelo do nariz à caridade, está aqui feito protector das crianças dos outros. Ainda há meses quando foi do falecimento do filho do Titos, o bairro inteiro solidarizou-se e contribuímos todos com dinheiro para ajudar o infeliz. E você onde estava? O melhor é calar essa boca, bem caladinha, porque está aqui nesta reunião muito deslocado do seu meio... – troveja de raiva o vovô Sumaila, homem obeso, de barriga rotunda que acompanha os movimentos do resto do corpo na exaltação da intervenção. E de língua acerada, a boca municiada de palavrões, virtudes próprias dos alfaiates.

– E estou aqui eu para confirmar as palavras do Rungo – aparte do enfermeiro, de indicador espetado no ar, ignorando os insultos e o despropósito do costureiro. – Durante o período de férias escolares, lá no hospital são bichas de crianças com fracturas que até mete pena. A algumas nem os médicos podem valer, acabam por morrer...

A táctica agora é de intimidação. Quem não tem medo de morrer ou de perder um filho? Um silêncio pesado instala-se na atmosfera da assembleia. Nas mentes corre o medo do luto. Todos concordam, os parques infantis são perniciosos e perigosos, fontes de lágrimas e de desgraças.

A caneca continua a passar de mão em mão, mas já com mais celeridade. Embora o calor do meio da manhã seja brando, as sedes começam a apertar, pois é sabido, por experiência, que um gole chama logo por outro gole.

– Estamos a cometer um grande erro. Nesta reunião falta uma pessoa. – Todos rodam as cabeças e detêm os olhos na figura de Mbhiza, barbeiro da zona, especialista em cortes de cabelo modernos, nomeadamente, a poupa e as suíças à Elvis.

– Não se concebe como é que se pode julgar um homem na

sua ausência. Ele ainda não morreu ou já? Onde está o Toto para escutar aquilo de que o acusam? Como esperam que ele se defenda? Que cobardia é esta a que estamos hoje aqui a assistir? O que é da nossa tradição de nos sentarmos todos e discutirmos os problemas que nos afectam a fim de lhes encontrar as causas e as soluções?

A mesa de honra acusa o toque. Fora dele, do regedor, na única ocasião em que abriu a boca para falar na reunião preparatória, a sábia opinião de que se deveriam discutir os problemas de Toto à revelia deste. No seu governamental ponto de vista, a presença do arguido iria apenas criar obstáculos ao decurso tranquilo das sessões. O enfermeiro fuzila-o com um olhar esguelhado, de já tardia reprovação, mas não pronuncia palavra. O regedor prossegue a tarefa higiénica de podar os apêndices ungueais.

– Isso é contra os princípios da lei, uma violação aos costumes. Não é das nossas raízes...

– O que é que as raízes têm a ver com tripas? – vocifera um tal senhor Salvador, neutro embora no que à filiação em partidos diz respeito. Interveio apenas para alimentar a presunção e pelo prazer de chamar atenção para a sua pessoa. Sujeito bem parecido, veste sempre à moda. E a perdição das moças do fontanário. – Estamos aqui a discutir uma questão muito particular, e você vem-me logo com as suas raízes... Ainda não é meio-dia e já está bêbado...

Aquele era um ataque pessoal ao barbeiro, com quem rivaliza nas conquistas. Nunca se deram bem. As mulheres cavavam o abismo que os separava.

– Tem razão o senhor Salvador quando afirma que se está a discutir uma questão muito particular. Porque é, de facto, muito confrangedor ver as autoridades crucificarem um homem que ganha o seu pão numa actividade honesta. Ele madruga para a bicha das tripas; anda de caminho em caminho, de bairro em bairro, à chuva, ao sol, a negociar. E você, meu caro, o que faz durante essas horas? Só a jogar damas, a fazer batota com cartas ou, o que ainda é mais grave, a namorar menininhas... – polido e fleumático, o barbeiro desanca e explana o seu ponto de vista, compara actividades de cidadãos para chamar a atenção à parcialidade da mesa sobre a grande injustiça de que está a ser vítima o proprietário dos burros. O visado recolhe estrategicamente ao silêncio donde emergira. Aquele estafermo do rapador de pelos era ainda bem capaz de chegar aonde não devia com aquele discurso que já estava a macular-lhe a classe e a reputação.

– Tem razão o Mbhiza. O que estamos aqui a fazer é o mesmo que esfaquear um morto – filosófica e fúnebre opinião de um velhote mestiço, com pele de cartolina húmida, toda em rugas. Fala a cuspir perdigotos de saliva, de uma boca onde os dentes são já escassos e os pouquíssimos que sobram exibem a cor da ferrugem. Sentara-se na ponta de uma fila, no meio da concentração, no estratégico ponto onde se inicia o circuito da caneca. Camufla entre as pernas do banquinho onde se senta um garrafão de fermentado. A sua tarefa é prover – e prover-se, está visto – do indispensável uputso os demais camaradas ali presentes.

– A Justiça manda dizer que o acusado tem de estar aqui presente para ser ouvido. É de seu direito.

Consta que o velhote fora um sagaz escrivão num tribunal de terceira vara, mas que perdera o posto em consequência de uma lamentável confusão ao fazer a transcrição de umas sentenças. Na sua versão o réu saiu absolvido e o ofendido condenado a dois anos de prisão com multas e repreensões. Por isso conhece de leis e seus meandros, como nenhum outro na zona.

— Estamos a fugir daquilo que para aqui nos trouxe – volta a ouvir-se a voz do enfermeiro que, durante aquelas intervenções assoprara confidências aos ouvidos do regedor. Deliberaram aos cochichos, e o resultado desta segredada consulta parece iminente. – Concordamos em que o Toto venha para o próximo encontro. Convém, no entanto, que terminemos a discussão dos assuntos em agenda. Em sexto lugar, – outra vez a gralha nos ordinais – existe a delicada questão dos acontecimentos que chocam a moral pública. Como se não bastasse o enormíssimo escândalo, a pouca vergonha de termos no nosso seio elementos – um punhado de vadios! – que molestam as nossas mulheres, as nossas filhas e irmãs, temos ainda de tolerar demonstrações públicas de intimidades de quarto. Porque é sabido que há pessoas aqui entre nós, que abusam de mulheres aí no fontanário, nos caminhos e até em casa de pessoas respeitáveis.

Faz uma pausa para auscultar os efeitos da pedrada. Alguns homens, por fingido ou genuíno espanto pela revelação, voltam-se para as companheiras. Destas, umas por remorsos antigos ou recentes, desviam os olhos para as pontas das sandálias. Ao senhor Salvador bate de novo o coração de emoção, passa a língua pelos lábios, de repente ressequidos. Ajusta o traseiro ao banquinho e mantém a boca fechada.

O discurso do enfermeiro quer aludir aos requebros do janota do cartista e às supostas entrevistas entre amantes na casa da tia Zefa, a pretexto de tomarem uma bebida.

— Não necessito de recordar a ninguém o espectáculo dos burros de sua excelência o senhor Toto, aí debaixo dos nossos olhos. E só ir ao fontanário. Daí vê-se tudo. Uma depravação, um insulto à moral. Que educação é essa que queremos dar aos nossos filhos se contemplamos, mudos e cegos, a essa violação dos bons princípios com que os educaram?

– Senhor enfermeiro, com a sua licença. Não atire pedras aos telhados dos outros, quando tem o seu de vidro – recorda o barbeiro, a ajeitar o colete. Embora deteste que se saiba, é homem de muitas leituras, a sua fala proverbial, muitas vezes obscura. – Lá está outra vez o senhor a incriminar gente inocente de coisas e actos que não pode provar que praticaram.

O inimigo senhor Salvador teve outra crise emocional que lhe deu vontade de saltar aquelas filas da frente para o abraçar. Era uma saída, uma defesa a-propósito. Afinal o enfezadinho do Mbhiza não era tão má pessoa como estava a parecer. Neste capítulo, está de seu lado, aquilo é tudo boataria e invenções do enfermeiro.

– Da minha barbearia domino a vista a muitas casas. Os meus espelhos reflectem muita coisa que, se o senhor quiser, posso relatar. Concordo consigo quando afirma que os burros fazem das suas ao relento. Se assim procedem é porque é da natureza dos animais ser assim. Não se escondem, são francos e abertos. Não é o que sucede com algumas pessoas, respeitáveis cidadãos aqui do nosso bairro. E pena não estar presente neste encontro o senhor Trindade que, confesso, não iria gostar muito das minhas revelações.

Ah, que afronta a deste barbeiro com cara de enjoado! Porque não cala já essa boca imunda? – aflige-se de novo o porta-voz do regedor. São do conhecimento de toda a gente as suas visitas a horas tardias da noite ao domicílio da comadre Vicentina, esposa do grande amigo e compadre de longa data, o senhor Vencislau Trindade. Este, na maioria das vezes encontra-se ausente de casa em viagens para Michafutene e Bovole, onde se abastece de molhos de caniço, carvão e barrotes que revende na serração da zona. A pretexto de proporcionar tratamentos à solitária comadre, compadre Maurício lá se demora, noites dentro, em injecções e terapias afins. Já doutra vez o senhor Trindade regressou incógnito, a pé, por causa de uma avaria da camioneta e, não fosse a presteza da adúltera que fez o amante saltar pela janela das traseiras, de sapatos e calças nas mãos, o sangue do enfermeiro teria maculado a brancura dos lençóis do comerciante.

 E Mbhiza, o barbeiro, tudo viu pelo reflexo dos espelhos e tudo narrou com muitas partes acrescidas, à força de uma imaginação sempre muito solta e fértil nestes e semelhantes casos.

 À dona Vicentina tremem as mãos. Volta a arfar, como no dia do burro. Aquela visão persegue-a com insistência. Já noutra noite tivera um pesadelo arrepiante: sonhara com a figura disforme do compadre Maurício, com uma cabeça de burro, a fazer-lhe caretas e propostas de muito pouco decoro. Ela a fugir à visão, mas ele sempre atrás, às patadas e a zurrar em tom alto, como os asnos de Toto.

 — E no dia em que nos reunirmos com o Toto, queremos o Trindade presente. Não se esqueçam de o convocar — proposta da tia Zefa, cuja casa fora atingida pelas ferinas palavras do enfermeiro.

 — Se não mantivermos a calma e o bom-senso não seremos capazes de analisar seja o que for — é o enfermeiro de novo, mas desta vez mais cordato e conciliador. — O caso aqui é o Toto e os burros dele. Não se falou de ninguém mais em especial, são apenas generalidades.

 — Ah, agora o senhor diz que não falou!... muito obrigado — sarcasmo solto do meio da assistência.

 — Acho bem a reunião terminar aqui. Falou-se muito e não se disse nada — protesto de um da primeira fila. Via-se que tinha imensas dificuldades em abrir o olho esquerdo, tumefacto e lacrimejante, trabalho e arte de uns bandidos que o surpreenderam à saída do bar, ao lado da cantina do Manuel. Na ocorrência perdeu dois dentes incisivos e o salário mensal. Evidentemente que a esposa não acreditou na história e levantou-se uma grande altercação de que todos no bairro foram testemunhas. A esta hora ela está em casa de uns tios na Manhiça a convalescer dos ferimentos que o esposo incompreendido lhe proporcionou.

O regedor interrompe, desgostoso, a tarefa a que metera ombros (ou os dentes, conforme o ponto de vista) e ergue-se pesadão, para proferir o discurso com que se encerrou a cerimónia:

– E lamentável que nós, pessoas adultas e responsáveis, não tenhamos conseguido chegar a um consenso sobre um problema que, afinal de contas, a todos diz respeito. Discutir-se a questão que para aqui nos trouxe era uma tentativa de encontrarmos uma solução para essa e outras que de futuro possam perturbar o curso normal da nossa vida. Ouvimos várias opiniões, acaloradas umas, mais ponderadas outras, mas conclusões, nenhumas! Os debates foram, não se pode negar, muito frutuosos e apontam para o caminho por onde devemos pesquisar os erros, assim como o modo de os corrigir.

– Custa a crer que seja o balofo do regedor a falar. Naquele seu feitio, sempre voltado para dentro de si próprio, a boca de pouquíssimas palavras, ninguém era capaz de lhe atribuir tamanha sensatez. Naquela hora de aflição do enfermeiro Maurício, fora capaz de o socorrer e tirá-lo do escaldão do embaraço e da humilhação. Também sabe de muitas dele: conhecem-se.

– O bom-senso recomenda a que se prossigam as discussões noutra ocasião e em atmosfera mais tranquila. Cada um deve retirar-se daqui consciente de que somos todos cidadãos úteis deste bairro. Afinal de contas é o bem-estar de todos o que está em causa. Aqueles que prevaricaram ou puseram em risco a nossa harmonia ou atentaram contra a dignidade dos seus próximos terão de sujeitar-se aos rigores da lei.

E assim o regedor pôs fim à reunião, retórico, ambíguo e ameaçador. A multidão dispersa no meio de um alarido de vozes. Clamam vitória os do partido da tia Zefa e do barbeiro, que frustraram a malevolência dos opositores, empenhados em tácticas para envolver inocentes nos males de que enferma a comunidade.

Ululam de alegria os da ala do senhor Maurício que querem virar o bico ao prego, apontar o dedo acusador às vítimas, brandindo calúnias e ameaças, com o claro intuito de encontrar pretextos com que se lavem de culpas pelo catastrófico curso dos negócios do bairro. E mais: esfregam as mãos, de contentamento antecipado, pelo aniquilamento definitivo do prevaricador, o fomentador-mor da agitação e seus apaniguados, os burros incluídos, evidentemente.

Depois da hora do almoço, a festa foi rija em casa da tia Zefa. Lá compareceram figuras altas da oposição local: o barbeiro, o ex-escrivão (um magricela de rosto descarnado que se intitula professor primário reformado), o alfaiate Sumaila, muitas damas e seus obscuros esposos, Toto em pessoa e a sombra do ajudante Muzinga. Os animais não compareceram como medida de estratégica provocação. Foram intencionalmente largados no largo defronte da casa do enfermeiro para, entre muitas coisas, conspurcarem o chão, zurrarem e cometerem imoralidades. O fermentado correu solto, as tripas também, porque as havia guardadas nas cozinhas de muitas casas. Uma viola repenicou, às unhas do mestre António Melodia, para lustrar a sessão. Foram entoadas canções contra os maus costumes, contra o oportunismo, a corrupção e a indecência.

Do lado do senhor Maurício movimenta-se a hoste dos

aclamadores da antiga ordem social, composta pelo próprio caudilho, aríete e tradutor dos interesses do povo e do governo, salvaguarda dos princípios morais e higiénico-sanitários; pelo pedreiro e grado economista Rungo; pelo conservador com olhos de dorminhoco, pela dona Vicentina e por uma multidão de desocupados que constituem a equipa de futebol do lugar, o Botafogo financiada e presidida pelo regedor.

Demarcaram-se deste modo os campos, definiram-se os partidos e as posições.

No seio de cada hoste fermentam actividades secretas. A ala da dona Zefa – registada como o Partido de Matorsine--Cantina-do-Manuel – é onda fremente de agitação. O centro das actividades reside no aliciamento de testemunhas das incursões nocturnas do senhor Maurício. Destronado o chefe – diziam – a reacção fragmentar-se-á e reduzir-se-á a um bando de maltrapilhos assustados e em debandada. Ele é a espinha dorsal, o sustentáculo dos retrógrados seus concidadãos. Como tarefas complementares, porque nada se pode deixar ao acaso, a dona Zefa tomou à responsabilidade o recrutamento de raparigas, cujos depoimentos, melhorados pelo dedo assessor do jurista deposto que, de caneca numa mão e caneta noutra, vai registando o reportório de acusações com que se irá sustentar o banco da cantina.

A mensagem da convocatória surpreendeu o senhor Trindade na serração, por intermédio de um mensageiro, identificado mais tarde como agente secreto da facção da dona Zefa. Não se vá dar o caso de as autoridades, pelas múltiplas e complexas tarefas que têm em mão, sobretudo nesta época de campanha, esquecer-se de tão vital pormenor, como era a comparência daquele na reunião que se adivinha. Ele não pôde esconder a surpresa pelas ocorrências que durante a sua ausência tiveram lugar no bairro. A esposa fora omissa neste ponto, a seu ver, banal e insignificante, nada que merecesse a pena relatar ao marido.

O lado conservador, que responde pelo nome de Partido-de-Matorsine-Fontanário não se deixa iludir com a força da autoridade, que pode manipular a seu favor, para vencer os opositores. Tem também os seus infiltrados no seio dos da Cantina. Deve a estes a denúncia das maquinações lá em curso.

A provável presença do senhor Trindade e das raparigas, prontas a fazer a delação sobre as rotinas e os cometimentos nocturnos dos filiados, entre outros abusos, eram ameaças que punham sombras negras na reputação e no futuro da ala. Enfrentar o inimigo em público era um acto suicida. Embora, é claro, ninguém fosse dar crédito às calúnias que por lá se iriam propalar, seguro é, de qualquer modo, evitar que a reunião se realize com a brevidade pretendida pelo cegueta do regedor. Há necessidade de ganhar tempo a fim de se encontrarem os antídotos eficazes para a neutralização dos inimigos. Ele, o senhor Maurício, não pode, assim sem uma cabal justificação, anunciar o adiamento ou mesmo o cancelamento do encontro. O gesto só serviria para levantar suspeitas e, até, minar o moral dos partidários, ansiosos pelo fim breve das hostilidades.

À revelia dos demais membros, concebe um plano de acção pessoal de emergência. Seria contraproducente se tornasse públicas as manobras. Contudo, crê que o resultado final merecerá a aprovação e o aplauso de todos. Para a consecução da operação conta com a colaboração dos senhores Salvador e Rungo, incondicionais filiados e catequistas principais da ideologia da ala. O ponto crucial consiste em fazer desaparecer, temporariamente, o cabecilha e promotor daquela convulsão, Toto e os burros, assim como todos os vestígios de qualquer envolvimento dos membros da falange conservadora nos actos de que são acusados. Como fora determinado, sem Toto não há lugar para discussões. E, por consequência, nada transpirará – pelo menos publicamente e na presença do Trindade sobre as suas ligações com a desprotegida e fragilíssima senhora Vicentina.

E naquela sexta-feira, antevéspera do dia aprazado para a reunião, tiveram lugar em Matorsine ocorrências inéditas. Ia confirmar-se o adágio de que um mal nunca vem só, traz sempre outro pior na cauda.

Um personagem estranho foi visto, desde as primeiras horas da manhã, a bater de porta em porta, para indagar pelo domicílio de Toto. Consta que desembarcou do comboio da Marracuene no apeadeiro de Vulcano. Seguiu pistas e acabou por saber que aquele e os burros residiam na zona.

– Somos primos muito chegados lá de Marracuene. Tenho notícias urgentes e importantes para lhe transmitir. Coisas de família... – dizia o forasteiro, no acto de se apresentar aos residentes. Por intermédio de prestáveis arautos, que os há sempre, a notícia chegou aos ouvidos do procurado. Mais adiantaram que o parente de Marracuene era um sujeito espadaúdo, com quase dois metros de altura, de cabelo cortado rente, com cara quadrada onde se salientavam umas queixadas de boi. Mais disseram que tinha uns olhinhos frios, de símio, escondidos no fundo das órbitas e uns braços compridos, peludos e muito musculosos. Toto não necessitou de mais detalhes. Pela descrição, outro não poderia ser senão Spanela, o legítimo proprietário dos burros. E, em menos tempo do que leva a recitar um pai-nosso, embalou os haveres e as economias em duas maletas, transpôs os portões da casa da dona Zefa e pôs-se ao largo, para não mais voltar a ser visto ou dele ouvir-se falar. À dona da casa, a esta hora no bazar, deixou um garatujado bilhetinho em que anunciava o regresso inesperado para a terra natal motivado pelo falecimento súbito da mãe.

Quando Spanela, finalmente, bateu às portas na vizinhança da dona Zefa, ia o sol do meio-dia a pique. Nas casas encontrou donas-de-casa de ar maçado, pouco dispostas a conceder informações sobre um concidadão a estranhos. Podia ser, sabe-se lá, um desses espiões que não fazem outra coisa senão espiolhar a vida alheia para tirar sabe Deus que proveito! Uma vizinha de lado da dona Zefa lamentou ter de informar ao inquiridor que sim, conhecia o Toto, mas que este vivia lá para os lados do campo de futebol, à saída desta zona, a caminho do bairro de Vulcano. E Spanela andou durante a manhã toda por ali, às voltas, como que perdido no meio de um labirinto romano. Era uma estratégia inteligente para afastar o intruso da porta de Toto. Assim, todos ganhariam tempo para o identificar e conhecer-lhe os propósitos. Mas Toto ia já muito longe.

Spanela adia para mais tarde a laboriosa tarefa de achar o paradeiro da vedeta. A sua missão principal é, afinal, recuperar os burros e com eles regressar a Marracuene, o mais tardar no comboio das cinco. Não necessitou de procurar muito. Orienta-se pelos montes de esterco. Dir-se-ia a que conhecia aquela bosta, pelo cheiro e pelo tamanho, ou afinal os animais não eram seus desde que nasceram?

À sombra de duas mafurreiras os burros ruminam as reservas da véspera. Durante a manhã ninguém lhes trouxe a ração de folhagem e agitavam-se com um início de fome. Os vizinhos espreitam pelos caniços e pelas janelas; perguntam-se por que razão não veio o dono buscá-los para o abastecimento de tripas. Se ainda fosse num fim de semana compreendia-se...

Ao farejar Spanela, os burros empertigam-se e põem-se em pé. Zurram sem parar, numa saudação amigável, manifestação de uma convivência e intimidade que vem de longa data. E com emoção, raiva e quase com lágrimas nos olhos que ele solta as cordas que os aprisionam aos troncos das árvores.

Não diria que a missão fracassara de todo, porque tem os animais de volta à sua posse. Ter-lhe-ia dado imenso prazer encontrar o ladrão. Havia muitas contas pendentes entre ambos. Para isso trouxera a naifa, disfarçada no bolso traseiro das calças. Muitos adivinharam os contornos daquela e recearam pela sorte de Toto.

Ia ele a meia distância entre a casa do enfermeiro Maurício e o fontanário quando o escândalo estalou. As raparigas largaram as latas debaixo das torneiras a verter água. Dos quintais saltaram curiosos. Os caminhos encheram-se de gente.

– Faça o favor de parar e identificar-se – uma voz forte e autoritária saída da esquina de um beco intima Spanela. Este estaca, no que é imitado pelas bestas que vinham à rédea frouxa a seguir-lhe o passo.

– Temos estado a vigiar este lugar desde as primeiras horas da manhã. Estávamos à espera que aparecesse para o determos em flagrante esclarece o segundo agente, com uniforme da guarda-fiscal.

– Nada tenho a responder às autoridades. Vim apenas recuperar os meus burros.

– Ah, então confirma que os burros são seus...

– São, sim senhor. Que mal há nisso?

– Há sim, e muito. Você acaba de declarar que é o elemento que opera em tráfico de tripas e organiza espectáculos sem as devidas licenças. Já está apanhado.

– Acho que há aqui uma confusão. Não tenho nada a ver com essas coisas – protesto do acusado.

– Então nega uma realidade que está aqui patente, que é o dia a dia aqui no bairro? Coragem não te falta...

– Mas não sou eu quem está envolvido nisso. Há de ser outra pessoa, com certeza.

– Se não está envolvido nisso, porque razão traz os bichos à trela? O que faz aqui e para onde leva os animais? – círculo de perguntas a apertar-se à volta do intimado.

– Os animais pertencem-me. Foram-me roubados lá em Nkompfeni há mais de seis meses.

– Nkompfeni... Nkompfeni... isso é nome que se dê a uma terra? Imaginação não falta a este gatuno. Pode provar que os animais são seus?

– Não tenho comigo nenhum documento. Os burros não são como as pessoas que têm caderneta.

– Das duas uma: ou você é o cabecilha dos malandros que por aqui operam ou é um ladrão refinado. Por uma ou por outra, vai preso. Ainda não mostrou a sua documentação...

Spanela está a caminho do colapso. Imbatível em brigas lá em Nkompfeni e territórios adjacentes, nunca se dera bem com gente uniformizada. Fios de um suor frio correm pescoço abaixo e inundam-lhe o peito e as costas; as mãos, essas, tremem de um nervosismo que não consegue controlar. Com gestos atabalhoados retira dos bolsos uma caderneta indígena de páginas desbotadas e cantos ratados. Na operação, a naifa com que iria executar Toto salta do esconderijo e cai aos pés dos agentes.

– A-há! Ora cá está!... – exclama o que se mantivera até aí calado, fardado e com divisas de terceiro-sargento. – E esta navalha é para quê? Vi logo que estava aqui um desses que procuramos.

A burra verga as patas traseiras e emite um silvo anal, o qual precede uma abundante emanação fecal, esverdeada e quente. Os polícias, por respeito e pela conservação da postura, ignoram o incidente.

Spanela é algemado e introduzido na cabine de um jipe celular que se encontrava camuflado na esquina de um caminho próximo. E a comitiva policial desaparece no meio da curiosidade da multidão e de uma nuvem de poeira.

Soube-se mais tarde que os burros foram entregues aos cuidados da Liga de Defesa dos Animais. Nos exames efectuados, os médicos veterinários descobriram nos ouvidos de *Swing* beatas e cinzas de cigarros, como se de cinzeiros se tratasse.

Deste modo, graças ao sensível tacto e à visão política do senhor Maurício, a paz foi restabelecida em Matorsine, umas tréguas temporárias, dizem os do Partido da Cantina. No conjunto de medidas destinadas a reforçar a disciplina no bairro, foram interditas quaisquer aglomerações de gente – excepção feita às do cemitério e dos velórios-, banida a circulação de asnos na zona e decretada rigorosa vigilância a barbeiros maçónicos e a matronas fomentadoras de meretrício, disfarçadas de vendedeiras de uputso.

Consta que Spanela foi julgado por exercício ilegal de actividades comerciais e de entretenimento, por crueldade contra animais e posse de arma branca, e sentenciado a dois anos de prisão maior, agravados de multas em dinheiro. Lá na pedreira da Moamba onde cumpre a pena, jura, pela alma do avô Tchowana, sepultado nas matas de Nkompfeni, que não morre antes de deitar as gadanhas ao pescoço de Toto.

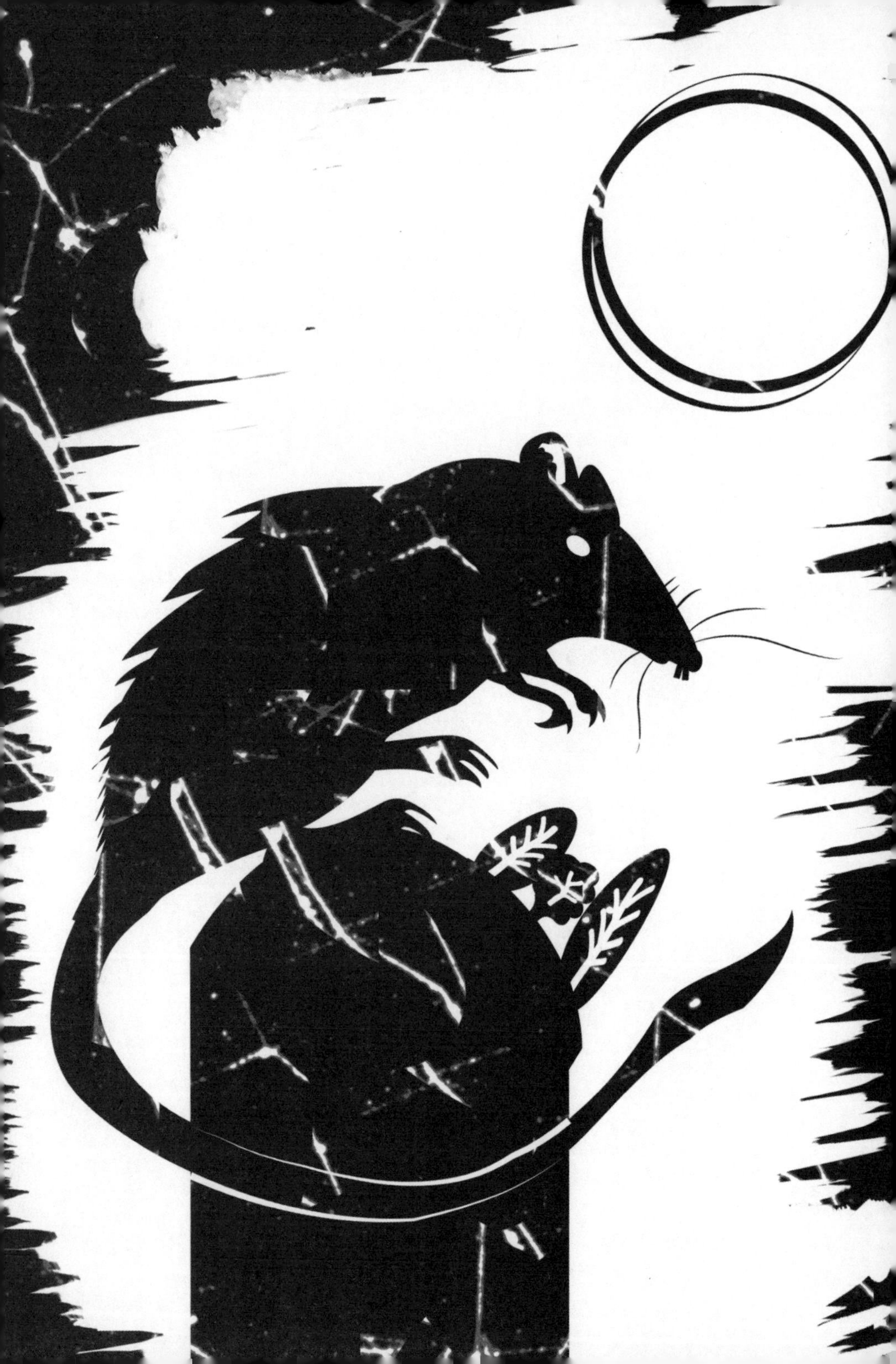

O Totem

A avó Djimana vive nas baixas de Ntsilene, onde todo o ano verdejam legumes, aboboreiras, batata-doce e fruta variada. A sua cabana olha para a linha do horizonte distante, onde o azul do mar se confunde com a abóbada dos céus. De lá sopra a bonança dos ventos que trazem a chuva e provêm mercadores do coco, peixe defumado e camarão seco, carregados também de novidades da costa.

O casebre não é como os lugares assombrados habitados por magas, nem covil de feiticeira onde têm lugar obscuras cerimónias de esconjuros e de exorcismos. Não! Ela vive na companhia de dois netos – o Ntiana, o mais velho, e o Mavunga, o benjamim da família –, ambos "magalas" de corpos sólidos e teimosos como burros.

Desde aquele dia – já lá vão que tempos! – em que o filho Mugano abandonou Ntsilene e abalou para as terras da fortuna, no Djone, a avó Djimana ganhou o estatuto de chefe do clã.

A ausência da autoridade paterna fragmentou o lar.

Desencantada com a deserção do marido, e atormentada pelas carências – de mesa e de esteira –, sem se despedir, a nora, de nome Felista, transpôs o largo do quintal da casa para perseguir o salário dum camionista mestiço que lhe prometera este e o outro mundo, ambos resplandecentes de luz e de felicidade. Os rapazes, esses, ficaram entregues a si mesmos. Aprenderam os expedientes que a vida ensina para se sobreviver. Umas vezes alugam por aí os braços numa fazenda para fazer carregamentos de grades de produtos das machambas ou para cultivar os campos; outras, deixam-se estar ao relento, à sombra das mafurreiras, a planear assaltos em casas ricas na cidade. Não é raro a avó vê-los desaparecidos do lar durante uma temporada, ao fim da qual regressam ajoujados de roupas novas, de chitas e de capulanas para ela, comida enlatada e muito dinheiro nas algibeiras.

Apesar da fertilidade das *nhacas* de Ntsilene, que tudo oferecem a quem devidamente as aproveite, a avó ganhara um vício. Era hábito que vinha da infância remota. Já desde os tempos do defunto pai, acostumara-se a consumir carne de *massengane*, uma espécie de rato selvagem, manancial de nutrientes e muito disputado pitéu entre as famílias na sua zona de origem.

Sempre que estão disponíveis, os netos não se importam de montar armadilhas nas matas em redor das habitações para apanhar e garantir o fornecimento dos animais à anciã. Durante a época de fartura, que coincide com a da colheita do amendoim e da batata-doce, os rapazes voltam das caçadas com as ilhargas carregadas de pássaros e de ratazanas, atados a um cordel, tudo para ofertar à avó.

E ela prepara-os segundo os passos de um ritual: destripa-os, atenta e meticulosa, conforme aprendera do pai. As cabeças e as tripas oferece-as ao gato da casa, o *Nhembeti*, que não desvia a atenção dos movimentos das mãos da dona. As partes comestíveis condimenta-as segundo preceitos só por ela conhecidos e põe-nas sob cozedura branda, numa panela fuliginosa, ou espeta-as num pau para defumar. Serve-se do petisco com abundância e consome-o com massa de milho, quente, branca e muito nutritiva. Ao lado, como não podia deixar de ser, não falta a caneca transbordante de fermentado que ela própria confecciona para empurrar a refeição.

Naquela noite o serão decorrera como habitualmente. Os rapazes a comentarem sobre as banalidades do dia, e ela, a avó, sempre a resmungar protestos sem nexo, mais para encher a atmosfera da cabana com a sua voz. E tudo ficou depois em silêncio.

Mas eis que o corpo da avó começa a estremecer, toma-se de espasmos, os braços e as pernas a sacudirem-se com violência, como se repelissem um encarniçado atacante. Da boca escapam gemidos e apelos de socorro: sonhava com um destacamento de ratos descomunais, de um pelo negro, eriçado, a passearem-se debaixo das suas roupas, a arrancarem-lhe o cabelo com fortes dentadas; uns farejam-lhe e penetram nas cavidades dos ouvidos e do nariz; outros arranham-lhe as costas; outros ainda, mais assanhados, roem-lhe as calosidades dos calcanhares e dos dedos dos pés, todos num festivo banquete para devorar a sua carne.

– *Amakhondlo! Amakhondlo!* Ratos! Ratos!...

Os gritos despertam Ntiana que sacode a avó para tirá-la do sono e da agonia do pesadelo. Ela desperta, toda estremecida de medo e com a pele húmida de um suor frio. E relata o sonho ao neto. Este escusa-se de comentar. Acha que ela se excedera, uma vez mais, no consumo de bebida durante o último serão. Era quase sempre assim. Passa-lhe pelos ombros um abraço confortante e convence-a a voltar ao sono.

Uma hora não era passada e a avó regressava ao pesadelo: desta vez sonha com outro rato, agigantado e erguido diante da figura do neto Mavunga. Com as patas dianteiras esgaravata o ar como se desferisse punhadas contra ele. E emite guinchos agudos, de ira, e deixa ver uns dentes cinzelados, pronto a abater-se sobre a vítima, sitiada e indefesa à beira do buraco escancarado duma campa. Para culminar o espectáculo, o rato-

-gigante abocanha outros ratos, e tritura-os, um depois doutro, numa orgia canibalesca arrepiante.

– *Amakhondlo! Amakhondlo!* Ratos! Ratos!...

Cães amedrontados uivam algures. Do alto das árvores mochos piam mensagens lúgubres.

A avó volta a despertar com os mesmos sobressaltos de há pouco. O neto ainda a ela se agarrava, protector, e nem se apercebeu quando a avó se libertou do abraço e transpôs a porta do casebre. O peito arfa, oprimido de cansaço, de dúvidas e de uma grande angústia. Senta-se encostada à parede maticada da casa e deixa-se envolver pelo manto negro da noite. E inicia uma vigília na escuridão até os horizontes se pincelarem com as cores vivas de um novo dia.

Quando o primeiro galo cantou ela já tinha contado e atribuído nomes a todas as estrelas que cobriam o céu de Ntsilene.

Ntiana acordou na altura em que o sol espreitava por detrás das copas das árvores. Nem se admirou com a ausência da avó, sempre madrugadora para as lides das hortas.

Vozes já se ouviam nas machambas.

Muito cedo a avó aprontou-se e abandonou a casa. O orvalho do capim refresca-lhe os pés, mas não alivia as ânsias que lhe cortam a respiração. Que sentido terão os sonhos desta noite? Que segredos esconderão as horas que se aproximam? Sim, porque semelhantes pesadelos só podem ser agouro de um mau acontecimento, o prelúdio de uma desgraça. Teria morrido o filho Mugano, o único que concebera e criara, como morreram tantos outros conhecidos e familiares, naquelas malditas terras do ouro?

Prossegue a marcha pelo caminho que conduz à cerração de uns morros, nos domínios do régulo Pangane. E aí onde habita um sagaz adivinho, o santuário onde se exorcismam possessos de demónios, onde se ordenam futuros curandeiros, se tomam banhos purificadores para afastar doenças, ou se tocam batuques e se sacrificam animais para convocar a complacência dos antepassados e a vinda das chuvas.

O mago recebe-a com a cortesia e o respeito devidos aos mais velhos e indaga pelos motivos de tão matutina visita.

E ela narra os pesadelos da última noite.

Desconfortado com a complexidade do mistério, o mestre remexe-se na esteira. Ajeita a cinta de missangas sobre o peito e aspira duas pitadas de rapé. Espirra com estrondo e inicia uma cantilena em tom baixo, entremeada de um solilóquio em que abunda o nome Khondzo, o apelido e totem da família do defunto esposo da avó. Com a voz grave dos sábios, trémula no cume do transe espiritual, profere o seguinte discurso:

"Sinto uma vibração de passos neste chão onde nos sentamos. Passos vindos de muito longe. Oiço neste ar que respiramos o hálito do cansaço de um peregrino. Um peregrino em cujo peito fermenta o desapontamento e a dor. Dor de ser traído e traído pelos seus, por aqueles que lhe deram o ser e o apelido que ostenta".

Para a avó o discurso é um enigma; porém, nada comenta, submersa que está no mundo obscuro dos mortos.

"Mãe Khondzo, dá tempo e ouvidos ao viajante, porque ele é o emissário dos vossos defuntos. Para aqui ele vem com o fim de lhes minorar o sofrimento e garantir a felicidade às gerações da vossa descendência".

Na atmosfera da palhota pairam as sombras invisíveis dos defuntos. A avó começa a viver momentos de medo e de expectativa.

O curandeiro prescreve elixires que se devem tomar à hora do deitar, depois de um banho purificador com uma mistura de ervas e raízes seleccionadas, colhidas das matas de Matutuíne.

O cair da tarde encontra a avó sentada nas traseiras do seu casebre.

Os céus, a poente, desenham um fresco em que predominam tons vermelhos e cinzentos.

Pássaros suspendem cantos do alto das árvores. Hienas e chacais interrompem banquetes de carne putrefacta. Grilos e sapos calam mensagens. Os bosques silenciam-se para contemplarem a figura daquele viajante que se recorta na lonjura, a caminho da casa da avó Djimana.

Mugano é recebido sem a alegria das ocasiões anteriores. Ele é, afinal, o estranho que traz a má novidade. Dele restam os escombros dum homem. Já não é aquele filho jovial, rijo como um eucalipto, carregado de prendas e encomendas, sinal e prova de sucesso no Rand. E, sim, a sombra daquele que um dia foi o "agala" mais temido da região, sempre cheio de ditos, capaz de muitos cometimentos e admirado até pelos mais velhos, que nele viam o maior orgulho de Ntsilene.

A noite chega e com ela os sinistros sinais da morte.

No centro da cabana da avó arde um lume brando. A volta deste a pessoas parecem seres que saíram das sepulturas para participarem numa conferência, a fim de discutirem assuntos do sobrenatural. O amarelo das chamas bruxuleantes confere aos rostos uma configuração fantasmagórica.

A hora é de ceia. Nela estão presentes os sobreviventes da família Khondzo: a avó, o hóspede Mugano e seus filhos Ntiane e Mavunga.

Mugano rouqueja, para aliviar a garganta de um escarro e diz:

"Mãe Khondzo, estou aqui uma vez mais, nesta casa que um dia me viu partir para outros destinos à procura da sorte e da vida. A primeira nunca esteve do meu lado e a segunda estou a perdê-la aos poucos. Trabalhei imenso naquelas terras do Djone, mas bons resultados já não vejo. Suportei humilhações e as doenças não abandonam o meu corpo. Hoje, é como me vês, um moribundo quase a juntar-me aos nossos antepassados. E tudo porquê ou graças a quem? A ti, minha mãe. A ti, mãe Khondzo!".

Uma vertigem na cabeça da avó faz girar as paredes da palhota e as figuras dos presentes. Tudo verga, em desequilíbrio.

"Mãe Khondzo, o meu sofrimento não tem limites, porque o limite só poderá ser a minha própria morte. Mas antes de me juntar na sepultura àqueles que me deram o nome, vim para esta casa com uma missão, a missão de te dizer, mãe Khondzo, porque tu própria é que me deste a vida e o ser, que és tu mesma que me matas.

Ensinaram-me os sábios do Rand que todos nós provimos duma família. E que cada família tem o seu deus, aquele que protege todos os membros dos malefícios e lhes assegura o bem-estar e a felicidade. Todos aqui pertencemos à linhagem Khondzo, a primeira em todo o território de Ntsilene a ufanar-se pelo prestígio, pela inteligência e pelo sucesso dos seus filhos. E Khondzo – o rato – é o nosso símbolo, o animal que nos representa no concílio dos deuses, aquele que vela pela nossa continuidade e prosperidade.

Mãe Khondzo, já alguma vez viste um membro da etnia Nghonyamo camuflar-se nas matas para sacrificar um leão e depois banquetear-se com a sua carne? Dá-me um exemplo de algum descendente dos Mundlovo que tenha abatido um elefante para satisfazer os caprichos da fome. Fala-me dos filhos do clã Ngwenya. Já ouviste dizer que eles, alguma vez, espetaram azagaias nos pescoços dos crocodilos que povoam as margens dos rios, para os sacrificarem e deliciarem-se com as suas vísceras? E muitos mais exemplos, mãe Khondzo, muitos mais, poderia eu aqui citar. Nós, descendentes de Khondzo, entretemo-nos a sacrificar aos nossos próprios deuses, aqueles que nos protegem com o seu saber, com o seu poder e com a sua inteligência. A mãe Khondzo, a mesma que os antepassados escolheram para nos dar a vida, é a primeira a cometer o supremo sacrilégio de sacrificar os seus próprios totens. De quem espera a protecção? Donde virão a inspiração e a força para enfrentar as dificuldades com que o mundo nos desafia? Mãe Khondzo, em cada pedaço de *massengane* que todas as manhas mastigas, retiras um pedaço de mim, um pouco do ser que os deuses me deram. O meu corpo é já uma carcaça, a mesma que deixas depois de me retirares o fôlego. Fica-me apenas o suporte, os ossos do corpo, porque a carne, as energias, já as comeste. E isto é feitiço, mãe Khondzo; é feitiço!".

A avó é uma estátua cheia de pasmo e de incredulidade mascarada na penumbra da cabana.

"Não te espanta, mãe Khondzo, o sonho da última noite? Nada te diz a mensagem dos defuntos? O nosso fim está próximo. Estamos à beira do precipício. A cova onde enterrámos os nossos mortos aguarda-nos se não acabarmos com esta prática, com esta profunda ofensa e manifestação de desrespeito. Aqui estou eu como exemplo desse sinal de descontentamento e mágoa dos nossos defuntos. Mãe Khondzo, pela continuidade da nossa linhagem e pela felicidade destas crianças que tu própria criaste, respeita a mensagem e cumpre as determinações daqueles que são os nossos ancestrais, a raiz desta família: a abstinência total, absoluta e definitiva de carne de *massengane*".

O gato *Nhembeti* rosna medos e escapule-se para a escuridão.

A avó já não escuta. A do filho é a voz de um insano no auge de um delírio. Soa como a ressonância daquela explosão que matou o seu marido. As pedras de ouro daquela mina servem-lhe ainda hoje de sepultura. Guarda dele a recordação de um homem bondoso, justo e dedicado. Um dia ele abalou, aventureiro, (era Mugano ainda criança) para o estrangeiro, para nunca mais voltar. O filho perseguiu o espírito do pai, mas hoje aqui está, enfraquecido pela doença, mais pobre do que quando daqui saiu.

    A avó conhecera o pai Khondzo em Ka Twane, terra de prodígios, onde os rios banham as lânguas e convidam as gentes para as culturas e para o regozijo das colheitas fartas. A gente do lugar é honesta e trabalhadora, conciliada com os deuses e com a natureza. E daí donde tiram o sustento: os peixes das lagoas, os animais das matas, as verduras das machambas e os frutos das árvores. O seu próprio esposo nunca fora pessoa de levantar a voz ou apontar-lhe um dedo para acusá-la de sacrilégios ou de atentar contra os costumes da casa, nas práticas do dia a dia. Ele sempre consumia as refeições com muito gosto e admirava-lhe até as qualidades de esposa e de mãe. E o filho Mugano, este mesmo que amamentara neste peito já ressequido pela velhice, esquece-se de quão penosos foram os sacrifícios para o criar e dele fazer o homem que hoje é. Foi este mesmo filho que um dia a abandonou e deixou ao seu cuidado uma esposa irresponsável e duas crianças que mal andavam. É este mesmo homem que hoje a acusa de executar sortilégios que atentam contra a sua vida e contra o bem-estar de toda a família.

    É uma dor que estrangula a da avó Djimana.

    "Logo pela manhã eu e os meus filhos partiremos para muito longe deste lugar", é a última mensagem de Mugano a preencher o silêncio da palhota.

    A avó deita-se. Na insónia continuam a desfilar episódios do passado.

Pelas frestas das paredes do fogo penetram feixes de uma luminosidade que cresce e anuncia a chegada da madrugada. Retira-se da esteira com o cantar do primeiro galo e adivinha que o fim do agregado está próximo.

As alvuras do novo dia encontram Mugano em laboriosos preparativos para a viagem. A avó deslocara-se à horta, lá nas baixas das lânguas, para colher provisões e preparar o farnel para aquela jornada.

Através da folhagem do milheiral reconhece três silhuetas de homens, vergados ao peso de bagagens, a dar as costas ao sol e à sua palhota: é Mugano e os filhos a subirem pelo largo caminho que conduz até à estação. Vão ao encontro do destino, do destino fatal dos varões do clã Khondzo.

A avó teve, então, a certeza de que, fosse por que motivo fosse, ela seria doravante, e por muito tempo, a única sobrevivente da família; na companhia do gato *Nhembeti*, como é óbvio.

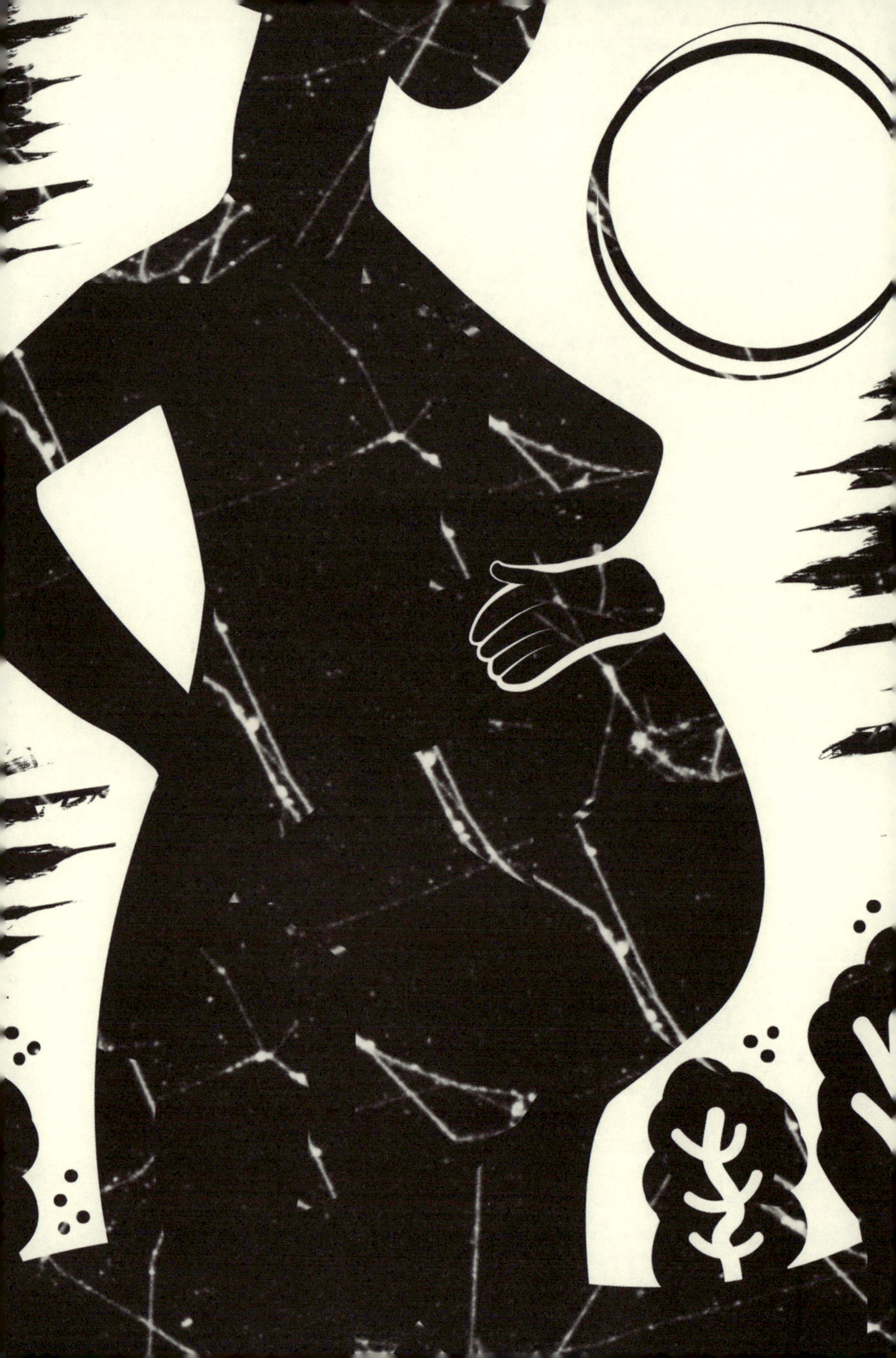

O Filho de Raquelina

Há comoção em Tengwa. De acontecimentos semelhantes àqueles não se lembra ninguém de ouvir contar na região. Até os mais velhos, que tudo sabem e têm sempre uma história para narrar, meneiam as cabeças em desaprovação e levantam uns para os outros os olhos escandalizados de espanto. Interrogam-se por que motivo, qual a razão de peso e fundamento que levara Raquelina a abandonar o marido e o lar, para se asilar na casa do amigo Mangue, na vizinha povoação de Magundjene. Fora uma decepção e vergonha até para as mulheres do lugar, que tinham nela um exemplo a apontar; ela que iluminava com ideias os mais novos e até gente da geração da sua mãe. As perguntas vagam soltas no ar, sem resposta, ou a elas Raquelina evade-se com enigmas e reticências: "se quiseres entender o meu drama escuta a mensagem dos meus silêncios..." – dizia.

O caso foi que Matanda emigrara para Tengwa, atraído pela miragem de uma ocupação, numa das vastas fazendas que se estendiam por quase todo o território de Makhondene. Ouvira, lá na distante aldeia, contarem-se excessos e maravilhas deste lugar. Dizia-se que dos imensos campos nasciam carreiros que se alargavam em veios que, por sua vez, engrossavam para formarem as amplas estradas pelas quais fluíam as riquezas das plantações para os grandes armazéns das vilas e das cidades. Era por aí que também desfilavam os sonhos dos homens. Conterrâneos seus havia que, há tempos, largaram a monotonia das colinas de pastoreio para estas terras abalaram e nelas se estabeleceram. Era gente com trabalho nos campos ou com uma porção de terra para habitar e cultivar.

Trouxe consigo a ilusão, não a de uma vida de fausto e de abarrotar dinheiro, como levavam os agricultores brancos, mas a de prosseguir uma existência pacífica, recatada e dono também de um pedaço de uma lângua, em companhia da mulher que os antepassados escolheram para si e da qual espera procriar filhos, numerosos, para perpetuar o seu nome e o dos defuntos.

O sonho materializou-se quando, por via de recomendações, foi admitido na propriedade do senhor Sebastião de Lima, próspero e respeitado agricultor da região, que vinha necessitando de gente nova e activa para um certo sector de produção. E Matanda, a transbordar de juventude e de ambições, calhava bem para o posto de comando.

A esposa, a Raquelina, mercê daquela graça e inteligência que sempre lhe angariaram simpatias, favores e muitas amizades, foi recrutada para serviçal na casa do próprio patrão. Este não conseguia dissimular aquele enternecimento que a frescura e a sensualidade desta recém-saída de uma adolescência pujante de força naturalmente despertavam. O corpo modelado nos uniformes, o andar leve e solto, de animal irreverente e bravo, ainda por domar, aquela vivacidade, tão rara entre os seus trabalhadores eram, enfim, virtudes que traziam àquele casarão sombrio uma nova luz, outro calor. E mira-a com aqueles olhos da cor do céu limpo e sonha sonhos proibidos. A esposa do senhor Lima, as mais das vezes nos campos ou nos estábulos, pouca ou nenhuma atenção prestava aos afazeres domésticos. Os filhos, esses, haviam crescido e ganho a sua autonomia. E assim, Raquelina tornou-se uma presença indispensável no lar dos patrões.

Passavam já quatro épocas de sementeiras desde que a família Matanda chegara a Tengwa. O entusiasmo dos primeiros tempos ia-se desvanecendo. No lugar daquela natural e legítima expectativa (quem não tem sonhos assim?) de ver a família alargada, os filhos muitos e travessos, foi-se instalando o abatimento, a ansiedade e a desorientação. Se, por um lado, ele continuasse a gozar do respeito e da admiração do patrão e dos colegas, pela dedicação e amor ao trabalho, por outro, o curso natural dos seus dias era ensombrado por frequentes episódios de ensimesmamento e depressão. A companhia do amigo Mangue, também de braço alugado nas plantações do branco, é que lhe dá alguma animação. A palavra ponderada, o conselho oportuno, tudo fruto de uma experiência de alguém que é mais velho, são os únicos suportes a que se sustém para carregar a vergonha da sua incapacidade para alargar o lar. Bem podia, como muitos faziam, desposar outra, por intermédio da qual demonstraria ao mundo que é tão capaz de se reproduzir como qualquer um. O amigo Mangue uma vez até isso sugeriu, mas estava hesitante a proceder assim, porque o acto bem poderia degenerar em escândalo maior, se o ventre da segunda frutos não desse. Porque já lhe haviam confidenciado – e para o provar, casos havia na aldeia que disso eram testemunho – que, de vícios e costumes variados, poderiam resultar consequências graves como a infertilidade. Como fugir a essa possibilidade se se inebriava com fumo de "mbague" desde os tempos de pastoreio? Pode também jurar que se não fez às cabras e às vacas das manadas à sua guarda, lá no isolamento das pastagens? Não é hábito, já feito vício, todos os dias, depois do sol posto regressar à cabana embriagado de fermentado, a mente semiadormecida e o corpo a pedir esteira? Como então garantir a si e a outros da sua virilidade e fecundidade? Anseia apenas que os mortos seus antepassados enviem das tumbas a bênção ao casal e lhe concedam a fortuna de trazer àquela casa um filho para, em definitivo, se calar tão suspeita e vergonhosa impressão que se tem de si na comunidade.

Em Raquelina era mais do que evidente que tudo nela se transformava. Deixara de ser a mesma dos outros tempos, aquela que punha toda a gente a gargalhar, a confidenciar peripécias da patroa dentro de casa, imitando-lhe os gestos e o falar. Fechara-se em sim mesma, como que a contemplar e a deixar-se vergar ao peso da tragédia que, aos poucos, a esmagava e abatia. Quem, afinal, conseguiria permanecer indiferente à angústia que se instala às mudas provocações, aos cochichos nas banjas, entre o mulherio nas machambas, tudo insinuado à volta do atraso de chegada dos filhos, da sua incapacidade de incubar um filho? Carrega consigo o calvário da culpa por esta infelicidade que a todos apoquenta. Como assim não poderia ser se, os próprios mais velhos da aldeia, os adivinhos e os sábios vindos de longe, assim o garantiam? Quem iria dignar-se a dar-lhe uma pausa de atenção para escutar a voz da sua razão, para deixá-la abrir a boca e narrar os seus tormentos na intimidade com o marido? Já desde os tempos de chegada aqui nas plantações manifestara-lhe que na esteira ficava muito aquém daquilo que o seu corpo exigia. Ele, porém, resmungava protestos: que estás maluca e viciada, isso é o resultado dessas amizades que te desencaminham e envenenam a educação que os teus pais te deram. Finalizava as admoestações mais cordato, recordando-lhe que o dia aguardado chegaria, que era necessário dar tempo ao tempo, que os sábios e os antepassados realizariam a sua obra e as suas vontades. Quem afinal não sonha ter um filho?...

A apreensão do casal chegou aos pais de ambos que, à sua conta, tomaram a responsabilidade de chamar uma solução para o caso, que já ensombrava o relacionamento entre ambas as famílias. Estas, outrora amigas e chegadas, agora trocam acusações, calúnias e ameaças de favorecer o rompimento do parentesco.

No domicílio dos pais Matanda, lá nos vales de Madamoyo, compareceram renomados adivinhos. Destes, provinham uns de Pafúri, outros de Mambone, revestidos todos de divinos poderes e, providos de remédios para trazer à luz as causas das mazelas ou dos malefícios que teimavam em selar à nora as fontes donde nasce a vida. A sua função fundamental era oficiar os tratamentos adequados para que, por fim, do filho ela trouxesse ali, à presença de todos, um sucessor a quem dessem o nome do finado bisavô Bedjane.

Repenicaram os tantãs batucadas preces dos vivos, angustiados lamentos para ganhar a complacência dos deuses; escarificaram-se e exorcismaram os corpos para deles expurgar o descontentamento de desolados antepassados; untaram-nos com unguentos perfumados e deram-lhes banhos de vapores de fervuras de raízes das cerradas matas de Matsangalala.

E ficou na mente de todos a certeza de que, daí a poucas luas, ouvir-se-iam naquele lar os vagidos do primeiro filho de Raquelina.

Que a fé e a perseverança são virtudes que fatalmente conduzem ao sucesso provou-se no fim daquela estação fresca. Se em consequência dos tratamentos a que ela se submetia com uma devoção fanática, ou se fora revelação dos divinos poderes dos defuntos, a verdade é que a Raquelina começou a manifestar sinais de que trazia um filho na barriga. As mulheres das plantações já se riam de contentamento e prodigalizavam-lhe atenções e cuidados. Até a patroa surpreendeu-se com o estado dela e reduziu-lhe o peso das tarefas dentro de casa. Aos poucos voltava nela a alegria de outrora, era a esperança renascida e renovada que iluminava a sua vida, a certeza de que, afinal de contas, pode também procriar filhos e igualar-se a essoutras que ainda ontem faziam chacota com a sua condição.

Matanda é a felicidade em pessoa. Quem hoje o vê nem lhe reconhece os hábitos. Se cumpre com o mesmo rigor as tarefas no campo, dedica-se com multiplicado empenho às obrigações de esposo e futuro pai. Já divulga por aí o nome que vai atribuir ao filho, ao futuro de muitos estudos e de uma vida de grandeza que lhe vai proporcionar: que não será como ele e estes seus companheiros, todos uns broncos, sem instrução nem profissão, a trabalharem que nem umas mulas para o branco que os explora até ao tutano dos ossos. A esposa, essa, é a luz dos seus dias.

O início daquela época de colheitas foi marcado pela primeira grande catástrofe de que se recordem os velhos na história de Makondene. Uma praga de gafanhotos abateu-se sobre as culturas e reduziu-as a talos frágeis e inúteis. Desesperaram os agricultores ricos e os camponeses pobres, impotentes à voracidade dos insectos. Dizem os anciãos, que tudo memorizam e recontam, que semelhante calamidade era o prelúdio de outras mais que se iriam seguir.

Os grandes proprietários das fazendas afadigam-se com as fumigações. Exigem dos trabalhadores esforços redobrados na limpeza das terras, com vista a tentarem-se sementeiras de segunda época.

Como medida de emergência, Matanda foi transferido do posto habitual para dirigir uma frente de cavadores nos campos. Todas as mãos e capacidades são poucas para a preparação das terras e das valas, dizia o senhor Lima, ele próprio à cabeça das operações.

No fim daquele dia de labor, Matanda regressa a arrastar-se de esgotamento. Sente o corpo dorido e um estranho formigueiro a percorrer-lhe os braços e as pernas. E com ânsia que antevê o fim daquelas jornadas para poder chegar à cabana, a tempo de se dedicar à esposa, que já está em vésperas de lhe dar um filho. Corta por carreiros, porque a noite já se fez escura.

Na mata os grilos calam suas mensagens.

Ele não é o mesmo dos outros tempos, em que regressava a casa aos tombos, a mastigar discursos de bêbado. A vida transformara-se e transformara-o a si. Tem mais lucidez no raciocínio, mais ponderação no agir, maior responsabilidade no lar. Já lá vão os dias em que se deixara iludir pelas conversas de Mangue que, a partir de determinada altura, começou a propalar aí nas banjas, nas povoações e nas plantações, confidências que escandalizavam e expunham toda a sua privacidade. Convencido pela aparente maturidade daquele, contara-lhe as suas intimidades e apreensões. Mas eis que o judas pega nos segredos e faz deles armas com que lhe apunhala a reputação e a dignidade. O homem não falava, tinha um badalo no lugar da língua e, nesta, muita peçonha. Por inúmeras ocasiões, sempre que se cruzassem nos caminhos, tinham lugar entre ambos violentas altercações em que voavam discursos de pouca moral, punhos e até se exibiam lâminas de naifas. Vezes também houve em que o patrão teve de os chamar à ordem: ou acabam com essas brigas aqui na minha propriedade ou vão os dois para o olho da rua, dizia, impaciente. Dividiram-se os companheiros de ambos; por Matanda uns, que arguiam que era a inveja, o despeito e a má-fé o que motivava as diferenças, pela ascendência do seu caudilho na hierarquia profissional; outros - uma miserável minoria de braçais que outra tarefa não tinham senão cumprir ordens, eternamente condenados à obediência e à servidão – ripostavam que aquele era um sim-senhor, um lambe-botas que se julgava um pequeno rei igual ao patrão e que os tratava pior do que aos animais.

Chegou à cabana com a cabeça ainda a turbilhar com as ocorrências do dia, mas com a alegria antecipada de saber que tem alguém em casa a aguardá-lo, que o confortará com o calor das suas palavras, que com ele partilhará as emoções do momento.

Arde um fogo brando na cabana onde se aloja a mãe Matanda que, segundo os preceitos da tradição, viera de Madamoyo para acompanhar a gravidez da nora e ajudá-la nos afazeres da casa. Matanda saúda a anciã com os devidos respeitos e indaga pelo paradeiro da mulher.

– Saiu logo pela manhã com carregos e não me disse para onde ia – responde a velha a aconchegar os panos ao corpo, sem conseguir dissimular a surpresa.

Ter-se-ia dado o caso de Raquelina haver-se deslocado à casa da patroa para solicitar ajuda, ameaçada pelas dores de parto? Mas a mãe estava ali para isso... Tomado desta dúvida regressa à escuridão da noite e corta por atalhos em direcção à mansão dos patrões. Estes revelam surpresa com a sua entrada algo tempestuosa e levantam para ele olhos de interrogação. Conta o desaparecimento da esposa com balbuciado nervosismo.

– Por aqui ela não passou – garantiu a patroa, a franzir a testa. O patrão, utilizando a mesma paciência com que habitualmente executa uma importante tarefa, continua, à mesa, a rilhar uma perna assada de carneiro. – O que tens a fazer é bater às portas dos teus amigos por aí.

E foi o que fez. Deste modo, ficou-se a saber que Raquelina, carregada de bagagens e com um filho no ventre, abandonara o lar. Seu paradeiro, contudo, encobria-o ainda a noite que, numa maldosa cumplicidade, se tornara mais escura.

A manhã trouxe consigo a novidade do escândalo. Dizia o povo que Raquelina fora vista na cabana de Mangue, na povoação de Magundgeni, onde foi recebida com honras de nora.

Matanda não se fez de demoras. Concedida a licença, viajou até lá para reclamar pela devolução da sua propriedade.

Avisado, mas não alvoroçado, Mangue já o aguardava. A sua figura desenha-se no rectângulo da porta da cabana. Interpela o recém-chegado com ares de basófia e desafio.

– Sabia que acabarias por aparecer. Devo já dizer-te que não és bem-vindo à minha casa.

– As tuas palavras são ocas e impensadas. Elas nada me dizem. Venho buscar aquilo que me pertence: a minha mulher e o meu filho.

– Nada há que te pertença nesta casa. Raquelina deixou de ser tua mulher. Ela, para bem dizer, na prática nunca foi tua mulher. E a prova maior de que ela não te pertence é que está aqui sob o meu tecto. E nas veias do filho que ela traz na barriga corre o sangue dos Mangues.

– Deixa-me falar-lhe...

– É ela a primeira a não desejar ver-te. Prefere que oiças a verdade da minha boca.

– Não sabes o que dizes. Não cabem no meu peito sentimentos de rancor ou de vingança. Perdoar-te-ei a ofensa e esquecerei o sucedido se a deixares transpor essa porta e comigo regressar para o lugar donde nunca a deverias ter roubado.

– Não acho esta a ocasião apropriada para te recordar que foi da tua boca que ouvi revelações das tuas insuficiências...

– Nada tenho a justificar, nem a ti, nem a ninguém.

– Ela daqui não sai. Tenho obrigações para com ela e para com o filho que vai nascer. Também não guardo em mim a sombra de intenção de fugir às obrigações que tenho como pai e como marido. E considero encerrada a conversa. – Mangue faz finca-pé, sem se mover da porta de casa.

Um ajuntamento de curiosos forma-se em redor. Dele destaca-se um ancião que lhes recorda o bom costume de discutir as diferenças e os desentendimentos ao abrigo do segredo dos lares, em presença de parentes mais velhos e respeitáveis.

Matanda escuta a voz do bom senso e da sabedoria. De que adianta forçar a passagem, tomar Raquelina à força e arrastá-la pelos matos, de regresso ao lar? Tem razão o velho, sábias são as suas palavras, ponderados os seus conselhos.

Volta cabisbaixo, mas não derrotado. Não consegue, todavia, esconder uma sombra de melancolia e de incerteza pelo futuro.

É necessário reconquistar a honra, ali misturada na lama diante de toda aquela gente, trazendo para casa o seu filho. A mulher, essa, que ficasse com o amante. Aconselhar-se-ia junto à família para, em devida ocasião, se recuperar o que a esta pertencia.

Aprazado foi o dia de se viajar até Magundgeni. Reuniram-se os anciãos do clã para concertarem detalhes: quem usaria da palavra, o que se iria lá dizer, o que se iria exigir ao abusador para se compensarem dos danos e os devidos agravamentos pela deslocação daquela gente toda que muito tinha a fazer em suas casas.

Faria, talvez, uma quinzena depois da fuga de Raquelina, que aquela comitiva empreendeu a jornada para Magundgeni. A tarde declinava, mas o sol era ainda abrasador. Nos campos estavam ainda vivas as marcas de passagem da praga de gafanhotos. Os camponeses não se rendiam às contrariedades provocadas pela calamidade e vergavam as costas contra os céus, para trabalharem as terras.

O povoado onde Mangue vive é um emaranhado de palhotas, com as frentes voltadas para um vasto mandiocal, cortado a meio por um caminho largo, marginado de ananaseiros. À sombra das mangueiras do quintal espreguiçam-se mulheres de ar maçado. Dir-se-ia que naquela casa caíra algum infortúnio.

Raquelina tivera uma criança na véspera, mas, em vez das rituais batucadas e ululações de alegria com que se celebra um nascimento, o acontecimento parecia ter trazido desapontamento e consternação. Dar-se-ia o caso de se ter registado um óbito? Teria a criança nascido defeituosa? Comprime-se o coração a Matanda de angústia e dor. Ele que, ao longo daqueles meses sonhara aconchegar aquele filho contra o seu peito, aquele que seria o sinal anunciador da sua masculinidade, que constituiria o registo de honra de legar!... um descendente ao clã! Que diferença faziam as palavras do rival, com certeza pronunciadas num momento de desatenção ou de embriaguez? O que mudavam no curso dos seus projectos os comentários que se faziam por aí, se, mesmo antes de nascer o infante, já por ele tinha um amor que quase o enlouquecia?

Ia o cortejo da família Matanda a meio do largo da casa quando, de repente, a figura de Mangue rompe pela porta da cabana principal, com a feições desfiguradas, os olhos esbugalhados e congestionados, a falar para si próprio na voz dos dementes. É como se demónios houvessem penetrado no seu corpo e por ele proferissem aquele discurso insano.

– Ah, já chegaste?!... – troa, ao reconhecer Matanda. – Ah, – ah, – ah. Vens pelo teu filho? Ah!... Ele aí está. E todo teu... só teu... leva-o contigo, ah, ah, ah!... Ele é teu, só teu, ah, ah, ah!...

Fala com abundância de gestos, a agitar no ar uma maleta de roupa mal fechada. Da cara e do tronco escorrem bagos de suor. Fala a caminhar, a desertar de casa, em direcção aos matos. A voz some-se nas machambas em decrescendo, mas o seu eco fica a pairar no entardecer.

Uma matrona convida os visitantes a penetrar na cabana

onde os da casa os aguardam. Depois das preambulares saudações, aqueles dizem ao que vêm:

– Reaver o nosso neto – fez-se ouvir a demanda, pela voz da tia paterna de Matanda. – A mãe permanecerá aqui convosco. Desde o dia em que ela abandonou a nossa casa perdeu o direito e a legitimidade de usar o nosso nome e de pertencer ao nosso clã. Ela é vossa, a criança é nossa. Pagareis uma penalização pela ofensa cometida pelo vosso filho.

Todos os presentes escutam o discurso com respeitosa solenidade. Raquelina, de lenço de cabeça enterrado até à testa, rabisca indecifráveis arabescos no maticado do chão. A mãe Mangue arrasta-se de joelhos e depõe o recém-nascido nos braços de Matanda. Ao contacto, o corpo deste sacode-se num estremecimento.

– ... É teu... leva-o contigo... é teu... ah, ah, ah!... – é o eco da voz de Mangue a consentir a entrega.

Embrulhado nos panos, do infante só se descobrem as mãos e o rosto, muito rosados, como o são de todos os recém-nascidos. Matanda passa-lhe dedos carinhosos sobre a face. A criança sorri – seria um sorriso de troça? – e abre os olhos para deles deixar revelar um fundo azul transparente, o mesmo azul transparente dos olhos do patrão, o senhor Sebastião de Lima.

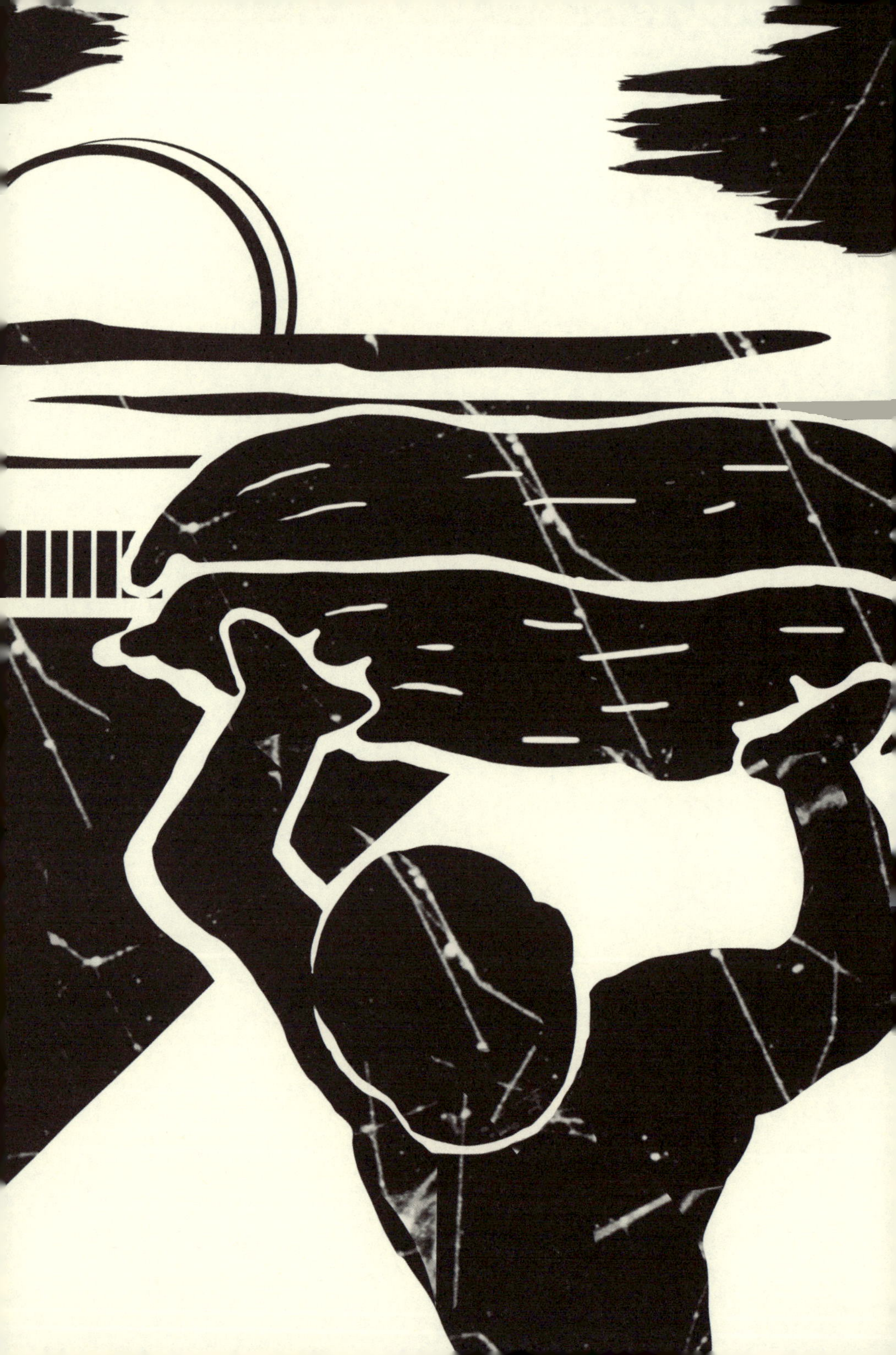

O Estivador

Espanta toda a gente a força de Mandebe. Ele é capaz de sobraçar em cada sovaco um saco de milho, cheio até à boca e equilibrar sobre a cabeça outros dois, sem mostrar sinais de fadiga. Até os capatazes e os chefes brancos suspendem de admiração as mãos nos quadris, abanam as cabeças e dizem: sim senhor, este merece o salário que tem.

Logo que chega ao posto de trabalho na Capitania do Porto, despe a farpeia engomada com que vem à cidade e veste o fato-macaco de ganga que lhe serve de uniforme. E só vê-lo aí, desde essa hora, a carregar caixotes, tambores, sacos e outros fardos cujo peso esmagaria um homem, a correr dos vagões aos armazéns, ou destes aos navios, tal formiga laboriosa e incansável.

Quem olhe para ele não lhe atribui tamanha energia. Não pertence ao género corpulento, avantajado, capaz de suspender pelo pescoço dois homens com as mãos, nem se assemelha àqueles que, baixotes embora, possuem a musculatura de um boi. É de estatura mediana, mais a tender até para o enfezado. Fora da estiva ninguém lhe adivinha a resistência. Não é também do tipo falador presunçoso, de gabarolas que badala por aí os seus cometimentos e capacidades ou que queima as horas de serviço em conversas com os colegas, à sombra dos edifícios, à espera do momento de despegar. Abomina aqueles que, valendo-se do vigor físico que lhes deu a natureza, sem justificações nem fundamento, espancam as mulheres e os filhos; mais ainda os que, à laia de exercício, se esmurram nos descampados dos bairros ao cair das tardes dos fins de semana e molestam pacatos cidadãos. É, isso é, cordato, pouquíssimas vezes fazendo ouvir a voz para emitir uma opinião. Um mistério de pessoa!

Conforme é dos nossos usos e costumes, já profundamente enraizados na tradição, falar muito do que nada conhecemos, diz-se o caso envolver tratamentos e vacinações nos tempos em que Mandebe fora mineiro no Djone, ou que se cobrira de poderes por via de curandeiros locais, porque os há, e muitos, com tais aptidões.

Habita numa cabana plantada no meio de uma multidão de muitas outras, no coração do bairro Zanza.

Faz já um ano e meio que chegou à cidade, desapontado com a inércia e a irritante tranquilidade da vida no campo onde, segundo afirma, nada acontece. Regressado das minas, aí não achou os atractivos e as oportunidades que dele fariam pessoa de bens, poderoso e respeitado. Aqueles matos, estava nos olhos, não eram o lugar onde se iria cimentar o seu futuro. Lá mais para diante, quando chegasse a velhice, então sim, assentaria, viveria dos rendimentos e da machamba da família. Por ora, enquanto o vigor e o entusiasmo da meia-idade estiverem de seu lado, prefere os desafios da cidade, onde iria impor-se com a experiência adquirida no Djone.

Vive com a esposa, a Soraya, mulata cafusa, filha bastarda de um lojista goês, bem instalado lá na vila, com a semente da raça abundantemente difundida e disseminada na região.

Nos tempos de solteira, Soraya era uma moira a trabalhar. Os seus braços destroncavam matas e debulhavam machambas com uma energia que fazia inveja às moças da sua idade. Era mulher que não voltava as costas a tarefa alguma. O sentido e o valor do sacrifício, a dedicação aos afazeres domésticos, a fidelidade ao marido e o respeito pelos membros da sua futura família, foram as lições que bebeu da mãe desde a adolescência. Foram estes os dotes que investiu no casamento com Mandebe, mais a candura daqueles olhos e o corpo esbelto, trepidante de juventude, que era a promessa e a certeza de larga prole.

Não se demoraram na vila. Ao cabo de algumas semanas, depois de concluídos os rituais do casamento, de trouxas aviadas desembarcaram em Lourenço Marques, em busca doutra fortuna.

Não custou nada a Mandebe empregar-se na Capitania do Porto. O tráfego de navios crescera imenso, para alegria das autoridades que viam capital estrangeiro entrar nos cofres. Paquetes de todos os calados e proveniências aí atracam, numa escala obrigatória. Desembarcam carga e passageiros. Fazem-se depois ao mar, para novos destinos com os porões e tombadilhos lotados de carga. Todos os braços não eram, por isso, suficientes para cobrir tamanho volume de trabalho. Deste modo, Mandebe passou a pertencer ao efectivo de carregadores do cais.

Coincidência ou não, a vizinhança começou a verificar que Soraya era acometida de invulgar maleita, transcorridos minutos depois de Mandebe transpor o portão do quintal, a caminho do emprego. São vertigens acompanhadas de dores atrozes que, da cabeça migram para as costas, e oprimem-lhe o pescoço, como se, nesse instante, carregasse toneladas de pedra. Fortes câimbras contorcem-lhe os braços, como se lhos tivessem amarrado o dia inteiro. As pernas e os joelhos não lhe suportam o peso do corpo, de trémulos e debilitados. E um estado de colapso que a derruba na esteira, ofegante, tal como nas apoplexias.

A princípio, estes episódios alvoroçavam aqueles que os presenciavam. Aplicaram-lhe tratamentos de urgência no local, chamaram-se ambulâncias que a transportaram para os hospitais, onde mereceu cuidados especiais. Tudo foi em vão. A data da alta, as crises sobrevinham mais severas e prolongadas.

Adivinhos de ocasião voluntariaram-se para diagnosticar e erradicar o mal. Contudo, Mandebe fornecia o conveniente esclarecimento: que a esposa era possuída de desarranjos nervosos, dos quais ele tomara conhecimento mesmo antes do casamento; que a repetição dos episódios se devia a desajustamentos e dificuldades de adaptação na vida da cidade que, como todos sabem, é demasiado complicada, sobretudo para quem, como ela, vem do campo.

Acalmou a agitação no bairro, mas tornou-se voz corrente que aqueles ataques de Soraya outra coisa não eram senão um bem perpetrado simulacro, uma fita em grande estilo, para chamar a atenção do marido. Como ela há por aí aos montes – quem não as conhece? Enfim, é uma mulher com outras necessidades... – diziam.

Confirma a suspeita e o rumor o facto estranho de Soraya sentir-se aliviada das dores, mal o esposo regressa a casa. Dir-se-ia que a presença dele era o lenitivo, o bálsamo tranquilizante que lhe restituía o bem-estar e o vigor físico.

A vida íntima do casal enche, assim, as bocas de conversas, onde há apenas malícia e zombaria.

Se Soraya fosse uma pessoa que gozasse de boa saúde e um dia entendesse seguir os passos do marido, testemunharia o mais insólito espectáculo que os seus olhos jamais viram.

Como rotina que já penetrou nos hábitos da família, ele despede-se da esposa com afagos e palavras de encorajamento. De marmita de farnel na mão, retira-se para iniciar o turno confiante de que, pelo menos naquele dia, tudo correria melhor do que noutros. Atravessa a porta da casa e embrenha-se nos labirintos do bairro onde reside. Acaba por desembocar na via alcatroada que delimita pelas traseiras o matadouro municipal. Nas redondezas funcionam fábricas, mercados e casas de pasto;

por isso o tráfego de gente e de veículos é intenso e complicado. Para chegar ao destino prefere cortar por aquele atalho que flanqueia pelo sul os muros daquela instituição. É um carreiro rarissimamente frequentado, adjacente ao qual crescera um morro de sinistras estórias. Conta-se que aí foram descobertos os corpos decompostos de três homens, ocultos na cerração do matagal. Dos macabros achados haviam-se decepado as partes genitais que, conforme ajuramentam os que viram os corpos, foram enviadas a especialistas na África do Sul, para confecção de poções e outras drogas de efeitos miraculosos. O lugar é assombrado. Mesmo bêbados e boémios atrasados evitam-no depois do anoitecer.

Aí chegado, Mandebe afrouxa o passo. Penetra na espessura da vegetação com o respeito de quem visita um lugar sagrado. Acocora-se junto a um tufo de capim alto, rodeado de uma cerrada muralha de canas de bambu cuja ramada sombreia o lugar como a cobertura de uma palhota.

Com gestos medidos, daí retira uma cabacinha que aconchega nas mãos com notáveis cuidados. Esta assemelha-se àquelas ampulhetas dos antigos, com duas dilatações esféricas separadas a meio por uma constrição de suave concavidade. Toda ela apresenta-se ornada de fios de missangas de todas as cores. Com a mão direita sustenta-a pela base e despeja sobre a palma da esquerda uma pitada de um pó avermelhado que é uma mistura de um incinerado de unhas de leão, de fragmentos de chifre de rinoceronte, de raspas de raiz de imbondeiro e outros componentes, todos com propriedades tonificantes. Aspira o composto pelo nariz, sôfrego. Com os remanescentes do pó na mão, unta a cara e os braços. É um ritual medonho que ele encerra inserindo sobre o bocal da cabaça uma rolha preparada com um pedaço de miolo de espiga de milho. Encarnava assim, em si, as misteriosas forças enclausuradas naquele objecto. Depõe-no sobre o santuário e retoma o caminho para o trabalho.

Aos poucos, ondas de novas energias invadem-lhe o corpo; uma sensação invulgar de poder e virilidade apossa-se de si e confere-lhe a audácia, a bravura e a resistência dos monstros das florestas.

Neste preciso instante iniciam-se as penas e os padecimentos de Soraya.

No fim de cada turno, Mandebe regressa pelo mesmo caminho. Revisita o santuário onde realiza um ritual cujos passos são de menor espectacularidade do que no anterior. O ponto crucial da sessão consiste em destapar a cabacinha para, deste modo, libertar do receptáculo esse complexo de forças aí mantidas prisioneiras.

É a partir deste momento que Soraya começa a revelar sinais de alívio, de recobro do esmagamento que a reteve na esteira na ausência do marido.

As chuvas tardam e os dias são de canícula. Há apreensão e angústia no espírito daqueles que cultivam nas baixas e nas margens das lagunas espalhadas pela periferia da cidade. Há notícias de que sucumbem animais, de calor e sede. Cabritos e burros desgarrados das manadas atravessam estradas, indolentes e indiferentes ao tráfego, em busca de água e de pastagens, oferecendo aos transeuntes um espectáculo a um tempo caricato e penoso. Em tempo de fartura tinham os pastos e os abrigos assegurados nos terrenos baldios das redondezas. Ao longo destas peregrinações devoram tudo, até pedaços ressequidos de folhas de papel.

A vegetação escasseia em todo o lado. A que se vê é rara, rasteira e queimada. Aquele morro ao lado do matadouro é o único que ainda mantém sinais de vivacidade. Parecia um oásis ou o reduto inviolado de um mago. A frescura da folhagem das plantas é ali um chamariz para os animais.

Naquela terça-feira calorenta Mandebe fazia o turno da manhã. Pegara o serviço às seis horas da manhã, depois do rotineiro cerimonial. Soraya, em casa, jaz na esteira, nas aflições habituais.

Orientada pelo natural instinto de sobrevivência, aquela meia dezena de cabritos descobriu o bosque do matadouro. Como que para saciar num dia uma fome que se tornara já crónica, os animais iniciaram uma devastação indiscriminada da vegetação que aí verdejava. Não escaparam à sua voracidade nem os talos tenros dos arbustos, nem as ramagens desidratadas e velhas dos bambus. O capim rasteiro, esse, desapareceu logo à primeira investida.

Uma pata pesada de uma das bestas resvala sobre a cabaça e nela abre um rombo, junto à base. Do buraco escorre para o chão aquele pó vermelho que, à luz do sol, emite cintilações fosforescentes. Revestidos de incrustações, descobrem-se na mistura fios dos cabelos longos de Soraya e fibras multicores das suas roupas interiores. E evolam-se assim no ar os poderes de Mandebe, por via dos quais extirpara da esposa as forças, para as encarnar em si e fazê-la escrava das suas vontades.

Nesse exacto instante, a Mandebe fraquejam as pernas. Vacila e soçobra ao peso de uma caixa de cem quilos e cai de borco sobre o pavimento do cais, com a cabeça esmigalhada.

Fenómeno simultâneo: Soraya desperta da letargia em que adormecia desde a manhã. Súbitas energias fortalecem-lhe os joelhos. Novo alento enche-lhe o corpo. Ergue-se e caminha pelo quintal da casa, como o fizera lá na aldeia antes de ser esposa de Mandebe.

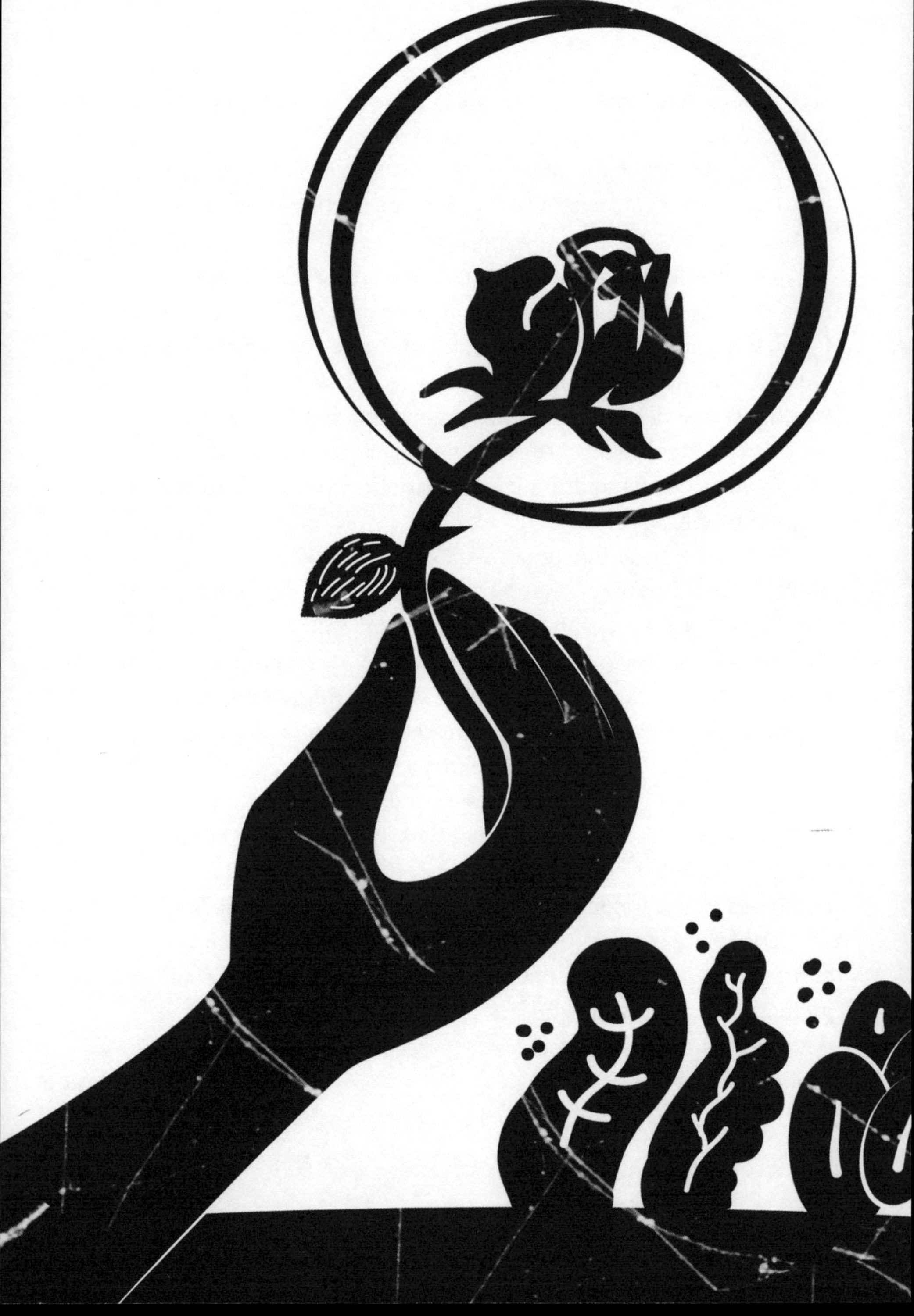

A Rosa de Kariacó

O velho Chigomba instalara-se na região de Ntsinene desde longa data. Seguira o exemplo de muitos outros e juntara-se à multidão dos que abandonaram as lânguas de Sulwe para vagar as terras ao colono invasor. Consigo levou o gado, as mulheres, os filhos e os netos em número que já nem sabia contar. Para trás ficaram as campas dos antepassados e as culturas quase em tempo de colheita. No coração carregava a saudade daqueles tempos de paz e harmonia, do florir das sementeiras e dos celeiros fartos que sempre garantiram excedentes para venda e fome saciada para as temporadas seguintes.

    Chegou a Ntsinene na época em que também para aí afluíram legiões de deslocados do norte, também empurrados pela sanha das autoridades que queriam as terras férteis para os estrangeiros recém-chegados. Não porque Ntsinene fosse de todo um lugar estéril ou muito pedregoso, não! Mas sim porque o trabalho do campo exigia aí mais sacrifício e multiplicado empenho se das terras se pretendia tirar o sustento. Nas colinas dos montes Tute, a sul, podia-se pastorear gado, nos tandos a oeste, manadas de cabritos poderiam encontrar arbustos que tasquinhassem, e nas baixas dos vales poderiam verdejar o arroz, a batata doce, as aboboreiras, a cana-doce e legumes variados.

    O tempo passou e os males remediou. As cabanas, antes esparsas e isoladas, juntaram-se e formaram o povoado de Ntsinene. Aí prosperaram os primeiros a chegar, que beneficiaram dos melhores terrenos. Viviam os retardatários com mais dificuldades, nos intervalos das fazendas demarcadas ou a laborarem em solos salobros.

Chigomba fez-se, assim, e por força da largueza das suas plantações e das riquezas que acumulara, influente e próspero, invejado e respeitado.

A circundar as propriedades dos maiorais enxameavam cabanas onde vivia a maioria dos que ofereciam o trabalho braçal. Foi neste aglomerado de casas que se instalou a família Mawelele, vinda de Kariacó, do norte distante, também à busca de melhor sorte. Como os demais da vizinhança, sobrevivia do que davam as hortas e do que se dispunham a pagar os proprietários das plantações, onde ele próprio e os filhos se empregavam.

Às épocas em que os fazendeiros acumulavam bens e ufanavam-se com o esplendor das riquezas, sobrevieram outras em que os céus se toldavam, a prometer chuvas, mas eis que, as nuvens, num jogo caprichoso, se desfaziam ou eram empurradas pelos ventos altos para outras paragens. O sol, outrora amigo e brando, despejava sobre os campos um calor de canícula, abrasador, que reduzia a talos secos e quebradiços até as mais resistentes das culturas. A terra desidratou-se, as pastagens converteram-se em desertos imensos que se perdiam no infinito dos horizontes, estendendo a planura de um solo rugoso e árido.

Os ricos ficaram menos ricos e os pobres mais pobres. Viviam estes num estado de miséria. As famílias desagregaram-se. Jovens que antes se vangloriavam com a robustez dos seus corpos, definhavam; adultos que sentiam ainda vigor no sangue abandonaram o lugar e tomaram os caminhos das vilas e das cidades. Deixavam para trás as mulheres e os filhos menores, entregues estes a um destino de incerteza, com a promessa vaga de um dia retornarem gordos, carregados de bagagens e bolsas cheias de dinheiro.

Mawelele viu os filhos partirem, a família reduzida a si e à filha menor Rosa. As outras mais velhas seguiram as sombras dos irmãos. Estes, sem instrução nem habilidades que não fossem as da lavoura, os seus corpos investiriam, com muito lucro, como se dizia que sucedia nas cidades.

A Rosa completava nove anos quando começaram as desgraças da seca em Ntsinene. A mãe – que os deuses tenham sob sua protecção – perdera a vida no parto em que deu à luz esta filha, em Kariacó.

Faz já três épocas que baba Mawelele não tem notícias dos filhos. É como se a morte os tivesse levado. Como os demais da vizinhança, a pedir.

Nem ele próprio sabe donde lhe veio a ideia. Naquela manhã, antecedida por uma noite de insónias e agitação, sem nada dizer à filha, aprumou-se e ei-lo a saltar valetas, a cortar por atalhos, a caminho da propriedade de Chigomba. Vai em busca de auxílio. A humilhação da pobreza era algo que, para além de o angustiar, instilava-lhe um sentimento de derrota e de inutilidade aos olhos da filha. Velho embora, sentia que, se não fossem estas contrariedades do clima, outro futuro seria capaz de oferecer à família, que outra postura seria a sua diante da sociedade. Dos escombros desta desgraça poderia ressuscitar aquele homem que sempre foi, proporcionar a si e à filha uma vida digna e honrada.

Sabe doutros vizinhos que, em situação semelhante à sua, não hesitaram em estender a mão à caridade dos poderosos e influentes do lugar, para deles solicitarem ajuda. Muito não conseguiram, mas de mãos vazias também não regressaram. Consigo seria o mesmo. Investiria o que lhe emprestassem na abertura de um poço para as regas das hortas, compraria uns cabritos com que reforçaria a manada exterminada pela seca. E esta a herança que vai legar à filha. A sua morte seria, enfim, tranquila. Ao menos deixaria toda esta pequena herança à filha para dote.

Penetra na casa de Chigomba de ânimo alevantado. Via-se pelo estado de semiabandono, quase de degradação dos utensílios agrícolas e pela secura dos canteiros, que o dono da casa enfrentava as dificuldades da maioria. Porém, o ar do caseiro é afável e jovial. Era homem de acreditar nas oscilações da fortuna. A estes dias maus suceder-se-ão outros, melhores e felizes, costumava dizer aos próximos. Enfim, era senhor de um optimismo que contagiava e encorajava.

Deviam ser ambos da mesma idade, embora Chigomba manifestasse melhor robustez e vivacidade. Saúda cortesmente o recém-chegado e oferece-lhe um assento, à sombra do canhueiro, no largo principal, seu lugar preferido para repousar e receber os amigos.

Baba Mawelele não se faz de delongas. Revela ao que vem.

– A minha desgraça chegou ao extremo. Se venho aqui é porque não mais vejo saída para a minha vida. Como a todos aconteceu, perdi a criação e secaram-me as culturas. Para agravar a minha situação, dos filhos não tenho notícias. Deles esperava alguma ajuda – disse, a introduzir o pedido. – Venho a si pedir essa ajuda, para tentar recomeçar tudo.

Chigomba escuta-o em silêncio. Ouvira semelhantes discursos doutras bocas. Soltara-se a piedade do coração e abrira a mão solidária, mas do gesto de misericórdia colhera apenas incompreensão e inimizades. Aprendera a sua lição.

– A desgraça afectou-nos a todos, baba Mawelele – respondeu, depois de muito pensar. – A miséria bateu a todas as portas e entrou em todas as casas aqui em Ntsinene. Ninguém pode dizer que escapou à desgraça da seca. Deita só a vista a estes meus campos: tudo seco e queimado pelo calor. Olha só para estes currais: nem metade do que havia aí restou. Se sobrevivo é também com muitas dificuldades e graças ao que consegui guardar ao longo desses anos de boas colheitas.

— Mesmo assim pensei que ainda me poderia valer.

— Valer posso valer. Hoje a pior parte coube a si, mas amanhã quem sabe? A minha casa é de todos. Não vejo mal nenhum em que nos ajudemos uns aos outros, nesta hora de aflição.

E assim a conversa flui. Solta das amarras das formalidades, da vergonha de pedir e da vaidade de emprestar. O fermentado corre para dessedentar e relaxar disfarçadas tensões. Recordam-se aí histórias de um passado de estabilidade, das chuvas que caíam generosas, comedidas e na altura apropriada; das culturas que se empertigavam verdes e sadias nas machambas, e das colheitas fartas. Esse é que foi o tempo em que todos eram amigos e bons vizinhos. Chegou a crise da seca, a inveja instalou-se, dividiram-se parentescos e antagonizaram-se velhos camaradas.

Sob juramento e pela sua palavra de homem honrado, baba Mawelele recebeu do credor a quantia de duzentos escudos e uma cabra. De bode ele não necessitava, possuía ainda um, animal viril e arremetediço, capaz de, à sua conta cobrir cinco fêmeas e encher-lhe o curral em duas épocas. Em troca penhorou a pequena propriedade que, afinal, era tudo quanto possuía: as três palhotas e os terrenos em redor, onde fazia as hortas.

A hora da despedida Chigomba não se esqueceu de lhe recordar:

— Não se esqueça do compromisso, baba Mawelele. No fim desta época deveremos ter as contas liquidadas. Como lhe disse, tenho também contas a prestar e obrigações a cumprir. Faço este especial favor pelo respeito que por si tenho e porque somos amigos de longa data.

Mawelele retira-se com o coração a cantar de alegria. Via de novo uma nova luz alumiar os seus caminhos, a esperança a renascer. Com o crédito, tal como planeara, abriria um poço no quintal para regar as hortas. Com os dinheiros reconstruiria as coberturas das casas, resselaria as paredes e o chão da cabana onde dormia a filha. Já via a manada de cabritos a não caber no curral, os animais a balirem de impaciência por chegarem à fartura das pastagens.

A Rosa recebeu a notícia da aventura do pai com surpresa e muito entusiasmo. Conhecia-o como um homem lutador, sempre cheio de vontade de vencer. Nisso, os irmãos saíam a ele. Herdaram-lhe o feitio, por isso haviam abalado para longe.

Não demorou dias que o aspecto da casa se modificasse. Do poço já se acarretava água para regar os canteiros. As casas já não pareciam casebres abandonados; vestiam-se agora com outra elegância, com novas esteiras de capim e forradas de fresco matope que lhes enfeitava as paredes. Na casa acotovelavam-se contratados, sob o comando do dono da casa. A Rosa, ela própria, não tinha mãos a medir. A época é de sementeiras. E ela fá-las pessoalmente.

É o espectáculo da vida que se renova.

Até ao fim da época, das chuvas não havia ainda notícias. Apenas especulações germinadas em mentes ansiosas, de que a leste e no norte houvera até inundações. Mas aqui em Ntsinene a realidade era diferente. Ao entardecer, novelos de cúmulo-nimbos acumulam-se na atmosfera, a prometer aguaceiro. Imobilizam-se, pesados e cinzentos, mas acabam empurrados pelos ventos para outras paragens. Com eles vai-se, aos poucos, a esperança de boas culturas e de renovadas pastagens.

Dentro das noites é costume ouvir-se o eco de tantã e de preces entoadas em vozes alteadas, para serem escutadas pelos deuses, donos e senhores do mundo e dos nossos destinos. Asseveravam os anciãos que se impunha a execução de sacrifícios e rituais, requisitos fundamentais para se ganhar a complacência daqueles e merecer favores e bênção. Aspergiram-se as machambas com pós, queimaram-se ervas de essências penetrantes nas encruzilhadas dos caminhos, enterraram-se ossículos e cotos de raízes nos leitos secos dos riachos e suspenderam-se amuletos, imagens de gente, nas ramadas ressequidas das árvores.

Na atmosfera paira ainda o calor sufocante da canícula. Outra época de estiagem está à vista. Com ela vêm os padecimentos e os lamentos do passado.

Mais dois anos passam, marcados por um clima incerto, de ventos fortes do ocidente, secos e tórridos. À sua passagem queimam os rebentos das culturas. Os céus carregam-se de humidade e de nuvens baixas. Aí, violentos trovões ribombam e sacodem a terra; relâmpagos de brilho ofuscante alumiam os povoados. As chuvas, uma vez mais, chegam escassas, reduzidas a envergonhados e breves chuviscos, que mal humedecem os solos. Estão ainda na memória de Ntsinene as quedas de granizo e a praga de gafanhotos que, em definitivo, reduziram a nada a ténue esperança de ver os botões de vegetação vingarem.

Mawelele é o desespero em pessoa. O projecto de recuperar a dignidade diluía-se. Tem dívidas para pagar. Assumira compromissos sob a honra da sua palavra. Como saldar o crédito? No fim das duas últimas épocas conseguira adiar a anexação da propriedade com vagas promessas. Na presente, talvez se rendesse e entregasse a Chigomba o que lhe era devido. Seria o fim do sonho e, tal como fizeram os filhos, abalaria com a filha, de regresso a Kariacó, para lá dedicar-se a trabalhos menos penosos, à altura da sua força e da idade. Ao menos teria o consolo de se sentir no seu próprio chão, junto à campa da mulher.

Chigomba comparece um dia no domicílio do vizinho Mawelele para uma visita de negócios. Faz-se acompanhar de dois associados, que se atribuem ares patriarcais, mas que se sabe serem servos do primeiro e que vivem à sombra dos seus bens, dos quais se servem à custa de adulação e servilismo. Exercem os cargos oficiais de capatazes nas machambas.

Encontram o dono da casa sentado à sombra da palhota principal, entregue a cogitações. A Mawelele não custou adivinhar os motivos da visita.

– Vejo os dias a passarem, mas não sinais de si para devolver os meus bens – disse Chigomba, logo que se serviram assentos.

– Não o recebo com alegria em minha casa, porque para isso não tenho motivos. Nem o que lhes oferecer para beber.

– Partilhamos da sua tristeza, baba Mawelele – corresponde um dos acompanhantes, o que parecia mais adiantado em idade. – Mas a sua tristeza não paga dívidas. E é muito sério e grave o assunto que nos faz deslocar à sua casa.

– Grato fico pela consideração da visita, mas acho que vêm tarde. Saúde já não tenho para longas conversas. O trabalho e o pensar esgotaram-me as forças e minaram-me a vontade – lamenta-se o anfitrião.

– Oxalá não faleça antes de pagar o que me deve – sarcasmo da boca de Chigomba, a aspirar duas pitadas de rapé.

– Sou homem de palavra. Devo confessar-vos que ainda não reuni o suficiente para saldar a dívida que contraí.

–Tem esta propriedade. E, aliás, foi o que se combinou. Estamos aqui por ela. E desta vez é em definitivo – disse o ancião.

– Vamos já no fim da terceira época de colheitas. A meu ver, devia estar muito agradecido pelos adiamentos e pela minha paciência em alargar-lhe os prazos para pagar a dívida. O meu irmão – e Chigomba afaga o joelho do acompanhante silencioso – vem tomar posse do que já nos pertence.

Baba Mawelele leva tempo a responder. Dir-se-ia que uma súbita luz lhe trazia à imaginação novas soluções. Ainda há momentos atrás sentira-se capaz de, sem hesitações, ceder a propriedade para saldar a pendência. Concorda, a dívida existe e deve ser saldada. Mas há algo que lhe vem de dentro, que diz que a hora da rendição ainda não é chegada.

– Podemos chegar a um novo acordo. Não posso, assim de repente, ceder-vos aquilo que à família toda pertence.

– Esse é que é o seu mal – riposta o mais novo dos Chigombas, a ver dificuldades a nascerem na entrega dos bens. – Devia ter considerado isso logo que aceitou o empréstimo. Este é o terceiro ano da dívida e tudo o que apresentou até agora são desculpas e esquivas. Já é demasiado tarde para entrarmos em novos acordos.

A discussão toma os caminhos da violência, as palavras colidem o ar, cheias de acrimónia. Os interlocutores são verbosos e surdos à voz da razão.

O sol punha tons rubros no firmamento quando a delegação da família Chigomba se retirou. Para conservar a propriedade, baba Mawelele propusera oferecer-lhe a mão da filha, a Rosa, e dela fazer esposa, como remissão do crédito. Com a festiva e final concordância de todos, a partir daquele instante, a Rosa passa a ser esposa e serva legítima de Chigomba, em troca de duzentos escudos e de uma cabra. Ela tinha apenas doze anos de idade, e fora ainda na véspera que tivera as primeiras regras.

Nessa noite baba Mawelele tem um pesadelo medonho: sonha com a esposa a revolver-se na sepultura em Kariacó. Ela ergue a sua imagem, agigantada e disforme, os folhos e as pregas de uma túnica nupcial a esvoaçarem e a desprenderem fragrâncias de decomposição. Posta-se sobre a podridão de um esquife feito pedestal. Seu gemido é rouco, a voz exala o hálito do rancor. Das pontas das cruzes do campo-santo ardem lumes, os epitáfios das pedras tumulares são partituras. Das bocas dos sepulcros crescem as vozes dos mortos, e todos, em coro, entoam o hino da orfandade.

Piu, piu, piu ... / Mina nwana wa sirha/ Ni fana ni xi hukwana Loko xi pfumala/ A nyini wa shona/ Piu, piu, piu...[1]

A meio da tarde do dia marcado para a oficialização do compromisso, apresentou-se na casa de Mawelele a comitiva da família Chigomba, composta pelos mesmos dignitários da primeira ocasião, acompanhados pelas respectivas esposas. Aos emissários junta-se baba Mawelele, novo membro da ilustre família, já aparentado por laços de compadrio.

Escolhem os lugares mais movimentados para regressar à grande propriedade, para serem vistos e para que o povo saiba e comente sobre a cerimónia do engajamento.

O dia fora de muita calmaria e despontara com um céu baixo, cinzento e muito nebuloso. Não troveja. Nem relampeja.

A Rosa caminha na cauda do cortejo. Carrega à cabeça uma maleta de roupa. Nas mãos, cestos dos seus outros pertences.

Mas eis que surge uma súbita viração. Uma chuva torrencial descarrega-se sobre o lugar. Cai em bátegas fortes, grossas e frias, ininterruptas.

Em toda a região, e durante o resto da noite, sobem clamores de cânticos a saudar a precipitação. Ou seria o canto de uma multidão invisível a acompanhar a viagem nupcial da

---

[1] Tradução livre do autor: eu, órfã / sou como um pintainho / que sente a ausência de sua mãe.

Rosa? E porque não o lamento da mãe falecida que se revolve na tumba em Kariacó?

E viveu Rosa três épocas de seca na casa que era, afinal, o seu lar. Na sua palhota recebe amiúde, visitas do amo e esposo, dividido que está pelas duas anteriores mulheres do seu clã. Com ela passa essas noites e ambos partilham da esteira e de algumas refeições. As esposas mais velhas de Chigomba não manifestavam aberta animosidade ou hostilidade contra ela, mas era evidente que a tratavam como uma estranha. A função dela era apenas servir o lar e os filhos que elas procriavam sem parar.

Rosa nunca deu sinais de ser mulher que incubasse um filho na barriga, por razões da infantilidade das suas fontes, ou por vontades ocultas dos defuntos que ainda a não queriam para mãe. O assunto preenche as noites dos serões. O problema da sua infertilidade está nas bocas dos da casa. Porque a idade de Chigomba, já bisavô, não era impedimento de valor e peso: um homem não tem idade, pode fazer filhos até morrer de velhice! – é da sabedoria das tradições.

Nestes últimos tempos é como se a Rosa começasse a despertar de um sono profundo. Nas hortas, no silêncio das noites, acha-se a perguntar a si própria como viera viver nesta casa. Que secretos pactos, que interesses estaria ali a proteger? Sente os tumultos da puberdade a perturbarem-lhe o ser. Novas vontades, outras aspirações comandam o seu pensamento. Respeita os usos e os costumes, assim como o esposo que o pai lhe deu. Todavia, doutro futuro falavam os que chegavam a Ntsinene, vindos das vilas e das cidades. O que mais a aflige é esta incontida vontade de atravessar estes horizontes que a manietam e asfixiam o desejo de conhecer mais e ser mais. As irmãs já lá andam, donas das suas vontades e condutoras dos seus destinos. E o exemplo delas que quer seguir, ir ao encontro da liberdade de escolher o seu futuro, de decidir ter o homem que amasse e com ele constituir o seu lar e a sua família. Desde há tempos que começou a abominar a vida neste desterro, onde nem opinião podia ter. As mulheres mais velhas, essas, não passavam de figuras obscuras, eternamente submissas aos caprichos do seu amo. Na mente, aos poucos, a ideia germina, cresce e ganha formas. Torna-se uma obstinação a ideia de partir.

– Meu amo e senhor– disse Rosa, ao cair duma noite fresca, à roda de uma fogueira, quando ceavam. – Sinto que não é este o meu lar. O mundo em que vive é muito diferente do meu.

– Nunca ouvi uma mulher falar assim para o seu homem.

– Hoje tive coragem para lhe falar assim porque sinto esse peso no coração. A vida com que todos os dias sonho não é esta. Não são as suas riquezas que satisfazem as minhas necessidades ou preenchem os vazios da minha alma. Hoje ganhei forças e coragem para lhe falar assim e comunicar-lhe que não sou feliz e que quero partir.

Baba Chigomba engole em seco. Nem quer acreditar em tamanho absurdo. Que nome vai dar a tanta ousadia? Onde já se viu uma mulher, nesta terra, escancarar a boca para o seu marido e fazer pronunciamentos desta natureza? – "Que atrevimento vem a ser este de me desafiares em minha própria casa? Dou-te de comer e beber, um tecto seguro e prestígio, e é assim que me agradeces?" – vociferou, quase apoplético.

Solta o cinto do cós das calças e, brutalmente, enche-a de golpes nas costas, na cara, nos braços, a entremear insultos e maldições.

Ela carpe lágrimas. Não de dor. O seu choro não é um pranto, é um canto. Entoa a cantilena da orfandade:

Piu, piu, piu....
....
Loko xi pfumala
A nyini wa shona
Piu, piu, piu....

– Logo pela manhã deixo-o, a si e à sua casa. Um dia regressarei para resgatar a minha liberdade. Tudo o que o meu pai recebeu de si ser-lhe-á restituído na totalidade. Se filhos tivesse, aqui os deixaria. O que possuo agora é apenas a força para ganhar o suficiente para pagar a dívida de meu pai e assim reganhar a dignidade – disse, quando se recompôs.

A manhã não despontara ainda e já Rosa deixava para trás as últimas casas de Ntsinene. Para nada serviram as admoestações e os apelos de Chigomba. Dela, o destino era só um: seguir os caminhos das irmãs ao encontro de si própria.

Em Ntsinene os anos arrastam-se iguais e monótonos. Uma vez e outra, chega um forasteiro que se faz rodear de curiosos e narra aventuras e as maravilhas da cidade. As estórias prolongam o sonho dos aldeões que, ah!, se fossem mais jovens e vigorosos deitariam para trás esta vida de mortificações e, tal como o visitante, inebriar-se-iam de prazeres e encher-se-iam de fortunas. De Rosa, nenhum ainda fez referência. O seu paradeiro continua um mistério, é como se a terra a tivesse tragado. A sua vida com Chigomba fora tão súbita e curta, quão misteriosa a sua partida. Os antigos do povoado envelheciam e viam tudo à sua volta ruir. Os deuses haviam reservado para este lugar um destino que não era o do progresso. As famílias continuam a trabalhar nos campos e a iludir-se por um futuro melhor.

Naquela tarde houve tumulto em Ntsinene. Diziam nervosos arautos que a Rosa estava a caminho da aldeia. Que fora vista numa encruzilhada de carreiros, à entrada do povoado. O rumor corre de boca em boca, franqueia portas e cria ansiedade nos habitantes.

O cinzento do crepúsculo põe tons tristes no horizonte. O céu é de um fundo limpo, salvo alguns farrapos de nuvens que pretendem esconder o rubor do sol.

Das plataformas dos montes de Tute suspendem-se espaçados ecos de batucadas: são peles de tambores a temperar para os rituais da noite que se aproxima. Camponeses recolhem das machambas com ar desiludido. Levantam os olhos para os céus, mudas preces a convocar a clemência dos defuntos.

A noite adensa-se. O brilho do Cruzeiro do Sul é o único sinal de vida no horizonte nocturno. A lua atrasara-se no encontro com a escuridão. Rosa penetra no largo da casa de Chigomba com as formalidades de um hóspede não esperado. Uns cães, hospedeiros de enxames de moscas, vêm latir a seus pés. Sombras recortam-se nos rectângulos de luz dos umbrais das portas. Miram a recém-chegada com curiosidade. A todos ela saúda com reverência. Afinal são pessoas mais velhas. A sua figura é agora altaneira, a voz ganhara um timbre vibrante e melodioso. Do seu corpo evola-se o perfume das senhoras da cidade. Traz atrelada à mão uma cabra assustada.

Chigomba recebe-a na sua própria palhota, com um misto de surpresa e alegria. Seria aquela alguma manifestação da força dos seus espíritos, a quem rogara e até ofertara sacrifícios pelo regresso dela ao lar? Embora só mais tarde o reconhecesse, ela fora a única que trouxera para aquela casa uma nova luz, outro encanto de viver.

– Grato fico aos meus defuntos por terem conduzido os teus passos de volta a esta casa – saúda o velho.

– O meu coração enche-se de alegria por saber que tudo

está em boa ordem e que ainda sou aqui bem acolhida casa – ela responde, cortês.

– Sabia que voltarias.

– Foi a promessa que deixei quando há quatro anos daqui parti. Mesmo que vinte anos passassem, para aqui retornaria.

– Muitas coisas sucederam durante a tua ausência. Envelheci um pouco mais, mas a palhota que deixaste ainda é tua. Cabe a ti decidires-te por ficar.

– Ficar não posso. A missão que me traz é sagrada. Tem a ver com a minha honra, com a honra da minha família. O meu pai foi incapaz de saldar aquela dívida que até hoje nos pesa na consciência. Ele empenhou o meu futuro. Hoje estou aqui para resgatar a minha liberdade.

– O que é que isso quer dizer? – pergunta Chigomba, a engasgar-se.

– Que tem aqui os duzentos escudos com que me comprou casa – e deposita as notas sobre a esteira onde ambos se sentam. – A cabra está lá fora, amarrada ao tronco do canhueiro.

E levanta-se sem se despedir. Retira-se a menear o corpo, cheia de vigor e de misteriosos deslumbramentos. Atravessa o largo da propriedade e mergulha na escuridão, sem se voltar para ver as sombras atónitas dos da casa.

Chigomba crê estar a viver um pesadelo. Mas as notas, frias e silenciosas, despertam-no para uma realidade que é dolorosa, mas eloquente e concreta. Recolhe o dinheiro, dobra-o e mete-o numa cabacinha dissimulada entre o capim da cobertura da palhota. É aí, sobre o caixilho da porta, onde guarda artigos de valor, o cofre inviolável e secreto.

Quando a Rosa chegou à casa do pai, vaga-lumes esvoaçavam em redor da habitação. Grilos cricrilejavam e sapos coaxavam. Parecia um lugar assombrado. Fios de luz coam-se das frestas do maticado das paredes. De dentro, vozes de tom baixo dialogam. Ela levanta a sua e chama por ele. Baba Mawelele abre a porta e não consegue disfarçar o espanto e a felicidade que o encontro proporciona. Com embaraço, ele apresenta a concubina, uma aparentada de Chigomba que o ajuda nas lides do dia a dia.

Lado a lado, sobre a mesma esteira, ela relata-lhe os motivos porque abandonara o marido, assim como a odisseia e as aventuras vividas na cidade e, por fim, a razão principal da sua vinda a Ntsinene.

– Não reprovo as tuas decisões – disse, por fim, o velho, depois de uma longa pausa de escuta e reflexão. – Não é esta a altura para me justificar sobre o sucedido. Tudo o que queria era o teu bem-estar, era proteger-te e assegurar-te um futuro que fosse melhor do que aquele que eu poderia oferecer.

E Rosa conta que antes de vir a Ntsinene, da cidade viajara até Kariacó a fim de visitar a campa da mãe e prestar-lhe tributos.

Eis senão quando, dos céus rumorejam trovões cujos estrondos, em crescendo, sacodem a povoação. Sucedem-se os ecos da trovoada, em cadência, seguidos de relampejos que cortam os céus.

Da casa de Chigomba solta-se um tumulto. Um relâmpago, com as mesmas cores faiscantes do vestido da Rosa, desaba sobre o lugar onde ele guardara as notas de duzentos escudos. Uma explosão derruba toda a cobertura, que voa em chamas. Pedaços de capim flutuam no ar, quais archotes vivos, caem sobre as outras cabanas e propagam o incêndio. Línguas de um fogo alto devoram o reino de Chigomba que perece cremado nos escombros da sua própria palhota.

Uma chuva diluviana, trazida pelos ventos do leste veio, por fim, pôr termo à seca em Ntsinene e reacender a esperança no coração dos camponeses.

A madrugada ia no começo quando a Rosa foi vista a abandonar a povoação, a caminho de Kariacó, para cuidar da campa da mãe. Em liberdade.

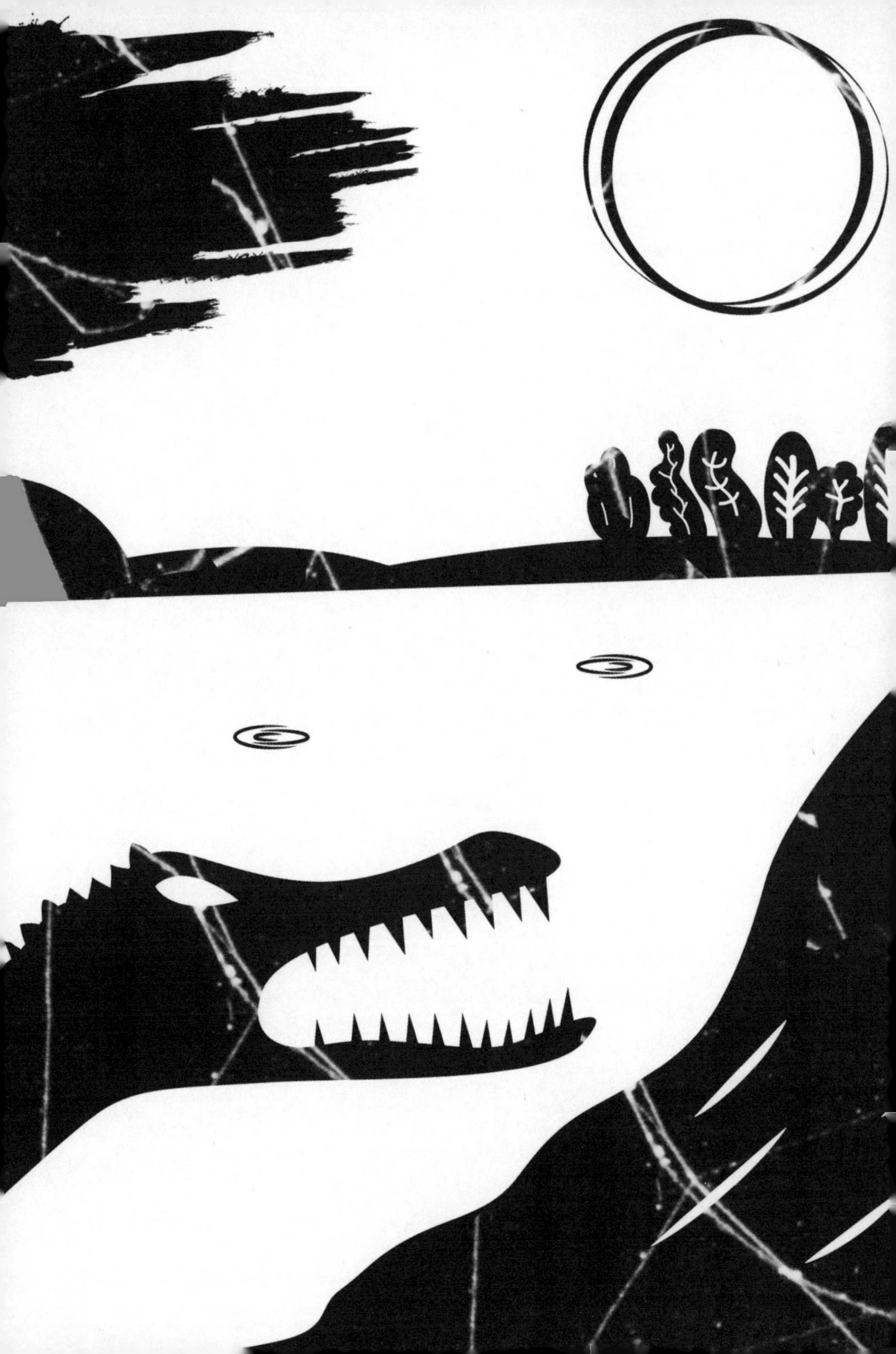

Djossi, o crocodilo

N'karingana wa n'karingana
Era uma vez uma mulher que alimentava um crocodilo...

Do lugar onde se abriga ela abarca com a vista a largueza do horizonte que, estranhamente para a época do ano, se pinta de um azul fresco, límpido. O rio Kicoco, quase um deus nesta região de Massamba, espreguiça a sua majestade, alarga-se e desenha meandros suaves, pacífico e cúmplice da felicidade dos habitantes. Almadias de pescadores que não conhecem recreação baloiçam sobre o espelho das águas. Na outra margem, pequenos ajuntamentos de mulheres e raparigas refrescam os corpos extenuados de actos de amor e lavam seus panos.

Ela desce vagarosamente o declive que conduz à margem do rio e senta-se à sombra de uma duna. Deposita o cesto de verga trançada e rota sobre uma pedra e, do seu interior, retira frascos, cabaças e ossículos cor de marfim. Unta as partes descobertas do corpo, a cara, o pescoço, os braços e as pernas com unguentos e óleos de cheiros penetrantes. E inicia um canto:

Hê, Djossi, ha-yê, ha-yâ
Djossi n'wana wa massamba
Djaha ra massula
Humelela u va komba
A vukosi ra hina, ho-yêêê...[1]

---

1   Tradução livre do Autor: Djossi, filho de massamba/Rapaz belo e valente/Aparece e mostra-lhes o nosso poder.

A voz é de cristal. As notas drapejam sobre as águas da corrente. Outras ferem o ramalhal das árvores e calam o canto dos pássaros.

A manhã vai a meio. O sol brilha com pouca intensidade e aquece a terra com brandura.

As vibrações da canção penetram no fundo da corrente e despertam seres adormecidos.

E eis que o lençol da superfície das águas se encapela. Rebenta como um vulcão e deixa emergir a figura gigante de um crocodilo que rasteja sem temores ao encontro da mulher. E um ser medonho, a imagem de um pesadelo que se sonha durante o dia, ali materializado ao som da cantiga.

Ela mira-o com fascinação e abre os braços para o acolher. E ri um riso sem dentes. O monstro saúda-a com um escancarar da boca. Sacode a longa cauda e arrasta-se, dengoso e confiante, e deixa a cabeça repousar sobre o colo dela.

Sem interromper a cantilena retira do cesto outros recipientes, um pedaço de pedra-pomes e um canivete enferrujado. E inicia um solilóquio. Quem a escutasse diria que aquele era o discurso de um insano:

"Ah, Djossi! Chegado é o momento por que tanto na vida aguardei. O dia de se consumar este desejo antigo e de secar as minhas lágrimas, de recuperar a dignidade e tudo o que à minha família pertenceu: a soberania e o domínio deste território de Massamba, desde Kazule, lá na curva do rio, até Kalvina, atrás daqueles montes. Marido não tenho, nunca tive. Filho único és tu, que alimento e cuido desde que nasceste. A velhice roubou-me as forças, mas tenho-te a ti para me protegeres. Tu és o braço que vai combater por mim, pela dignificação do nosso nome, pela recuperação dos bens que são nossos".

"Olha só, Djossi, para aqueles pescadores que roubam das

águas o nosso alimento. Aprecia só estas lânguas de Massamba feitas propriedade de violadores e de usurpadores. Já viste aquelas casas erguidas no solo sagrado onde enterrámos os nossos defuntos? Os habitantes desta terra profanaram a santidade dos nossos ancestrais, violaram as campas dos nossos defuntos e hoje ufanam-se com as riquezas que nos roubaram. Este é o nosso mundo, Djossi, porque é dos meus avós e bisavós. Eles hoje revolvem-se nas tumbas porque querem de volta o que lhes pertence".

Fala com uma voz de entoações graves, num crescendo de emoção. O olhar circunvaga pelos campos doutra margem do rio. Com o pedaço de pedra e a naifa desincrusta saliências e asperezas do dorso do animal e apara as presas das patas e fá-las mais aduncas e cortantes.

"Abre a boca, Djossi!"

Este obedece, como um filho obedece à mãe.

"Este pó que deito sobre a tua língua é para ti. E um remédio que te confere o poder dos deuses, a força dos ventos e a coragem dos heróis. Engole-o".

E ele assim faz.

"Debaixo da língua deito uma mão-cheia deste pó verde. Guarda-o aí, porque não é para ti, mas para os teus parceiros, os teus irmãos. Quando chegares ao fundo da tua toca, abrirás a boca e cada um deles colherá com a sua língua um pouco dele para o consumir. Será este outro modo de partilharmos com cada um deles este alimento que nos dá vigor para viver. Todos sentir-se-ão contagiados por uma nova magia, por um alento e um poder que jamais conheceram. A nossa missão é resgatar o espólio dos antepassados: os campos, as habitações, os céus, o próprio rio; enfim, a soberania e a majestade do nosso nome ultrajado. Vai e cumpre a tua missão".

Djossi remexe-se sobre o colo da mulher e desliza em direcção às águas. Mergulha com movimentos de enfado. Agita a cauda, em aceno de despedida, e desaparece no meio de uma onda de espuma.

Os dias que se seguiram foram de tumulto e comoção.

Contingentes de crocodilos, vindos de jusante do rio Kacoco, nadam contra a maré, a caminho de Massamba, viram barcaças e devoram seus ocupantes. Outros galgam os declives das margens e perseguem os habitantes. Outros mais, durante a calada das noites, invadem as cabanas e surpreendem casais em pleno acto de amor. Na curva do rio, onde as águas são mais calmas, as mulheres e as crianças são presas de eleição. Partes dos seus corpos desaparecidos e decompostos são encontrados encalhados entre as pedras da corrente.

Até as hienas, farejando o odor da morte, emboscam gente na encruzilhada dos caminhos. Raptam crianças e banqueteiam-se em festivas orgias de sangue.

Lá dos céus, abutres, falcões, milhafres e outras aves de rapina, planam em voos baixos e bicam os restos dos humanos.

Ratos saídos das concavidades dos esconderijos invadem as machambas e devoram tubérculos e rebentos de amendoim. Pragas de gafanhotos reduzem a talos hortaliças verdejantes. E Massamba no auge da sua história de sofrimento, galas e donzelas interrogam-se sobre o sentido destes eventos e abandonam o chão paterno para perseguirem miragens de segurança em territórios doutrem. Crianças de peito definham nos braços das mães, de fome e de sede de esperança. Anciãos sentem-se desconfortados nas esteiras do poder.

Quanto tempo durou o pesadelo? O tempo de os homens despertarem da letargia e voltarem a sonhar com a paz e com a harmonia.

E então tem lugar nas margens do rio aquela banja que devolveu a dignidade ao povo de Massamba.

"A terra está cansada, os homens também. Dos defuntos aprendemos a lição do trabalho, da paz e da generosidade. Mas tudo mudou. O bem-estar e a prosperidade são hoje conceitos sem valor. Forças estranhas à nossa cultura conspurcaram os valores das tradições. Introduziram o egoísmo, as malquerenças e a intriga nas nossas famílias. Já não somos os mesmos, a nação virou o centro do domínio da baixeza, a capital da desgraça. Envergonhemo-nos pelo nosso silêncio, baixemos os olhos de vergonha pela nossa cobardia. Onde estão os valentes combatentes desta nação? Porque deixamos o nosso orgulho conspurcar-se com o lodo do mal? Povo de Massamba, a hora do despertar é esta, levantemo-nos para o combate ou, definitivamente, os inimigos da paz destruirão o que resta desta civilização".

Estas foram as palavras proferidas pelo porta-voz dos anciãos, uma exortação à luta, à negação da glorificação do mal, da destruição e da morte.

"Da minha esteira escuto vibrações de cantigas. Cantigas de Kalile, dos feiticeiros que vivem nas montanhas. São sementes de violência, mensagens de morte. Dizem-me os sonhos que a raiz da nossa desgraça cresce entre as pedras daqueles montes. E para lá onde deveremos volver a nossa atenção, a mira da nossa revolta".

O sol mal despontara e já dez emissários cercavam as portas de Kalile. E ateiam fogo às florestas. Línguas de fogo devoram os arvoredos. Nuvens de fumo esbatem o recorte dos horizontes e asfixiam animais. Destes muitos perecem calcinados nas brasas das fogueiras; outros galgam penedos e fogem para alcançar a segurança e a frescura das margens do rio. Precipitam-se sobre as águas e servem de pasto aos crocodilos.

O incêndio prolongou-se durante três dias e três noites. De

Kalile restam apenas cinzas e as silhuetas ásperas dos montes.

Acoitada no interior de uma gruta, a mulher profere esconjuros e maldições, sufocada de fumos. Cambaleia em direcção àquela duna e entoa a cantilena de chamamento.

A voz já não é de cristal, mas um gorgolejado arrastar de sons e roucos. Djossi responde ao apelo com o ritual habitual. Recosta a cabeça sobre o seio dela e escancara a boca para receber a ração do pó verde. A mulher balbucia palavras embrulhadas de medo:

"Djossi, meu filho, o que te oferecer hoje não trago. Os homens de Massamba incendiaram as florestas e destruíram as fontes donde recolho as raízes e as folhas que nos dão o poder. Fecha a tua boca e regressa às águas, para junto dos teus. Diz-lhes que os planos de reconquista estão em risco, a nossa vida ameaçada".

Djossi cumpre a ordem com relutância e regressa à corrente. Aí, um contingente de crocodilos esfomeados aguarda a sua provisão de pó.

"A mãe que me criou, que é a mãe de todos nós, manda comunicar que as fontes do nosso poder foram queimadas pelos nossos inimigos. Até à próxima época das chuvas deveremos dedicar-nos e contentarmo-nos com as actividades de outrora, as caçadas junto às margens do rio ou com pedaços de peixes mortos."

A mensagem levanta descontentamento no seio da assembleia. Os animais exigem de Djossi o tributo e a paga pelos serviços prestados a si e à sua criadora.

Nesse dia e noutros seguintes não houve notícias de incidentes desde Kazule, lá na curva do rio, até Kalvina.

Djossi não necessitou de chamamento para comparecer àquele encontro. O sol ainda clareava por detrás dos montes e já ele espiava os movimentos da mulher.

Djossi, o crocodilo | **Aldino Muianga**

Recostada sobre aquela duna, ela divaga, refaz planos. A cesta de verga contém cabaças e frascos vazios. Ela já não unta o corpo com unguentos nem com óleos de cheiro penetrante. Djossi nem a reconhece: ela é tão humana, tão frágil e apetitosa como o foram todas as suas vítimas. Precipita-se sobre ela, esquarteja-a e deglute os retalhos de carne com gula, como que para saciar uma fome antiga.

Contam os anciãos que Djossi, ao regressar ao fundo da corrente sem o pó verde, foi igualmente sacrificado, numa monumental orgia canibal por aqueles a quem prometera grandeza e benesses em nome de sua mãe, a feiticeira de Kalile.

São testemunhas da morte de ambos as cantigas que as águas do rio Kicoco, por brincadeira, murmuram à saída da Kalvina, ao contornar os montes:

Hê, Djossi, hâ-yê, hâ-yâ
Humelela u va komba
A vukosi ra wena
Ho-yâ, ho-yêêê...[2]

Thu n'karingana

---

2   Tradução livre do Autor: Djossi.../ Aparece e mostra-lhes o teu poder...

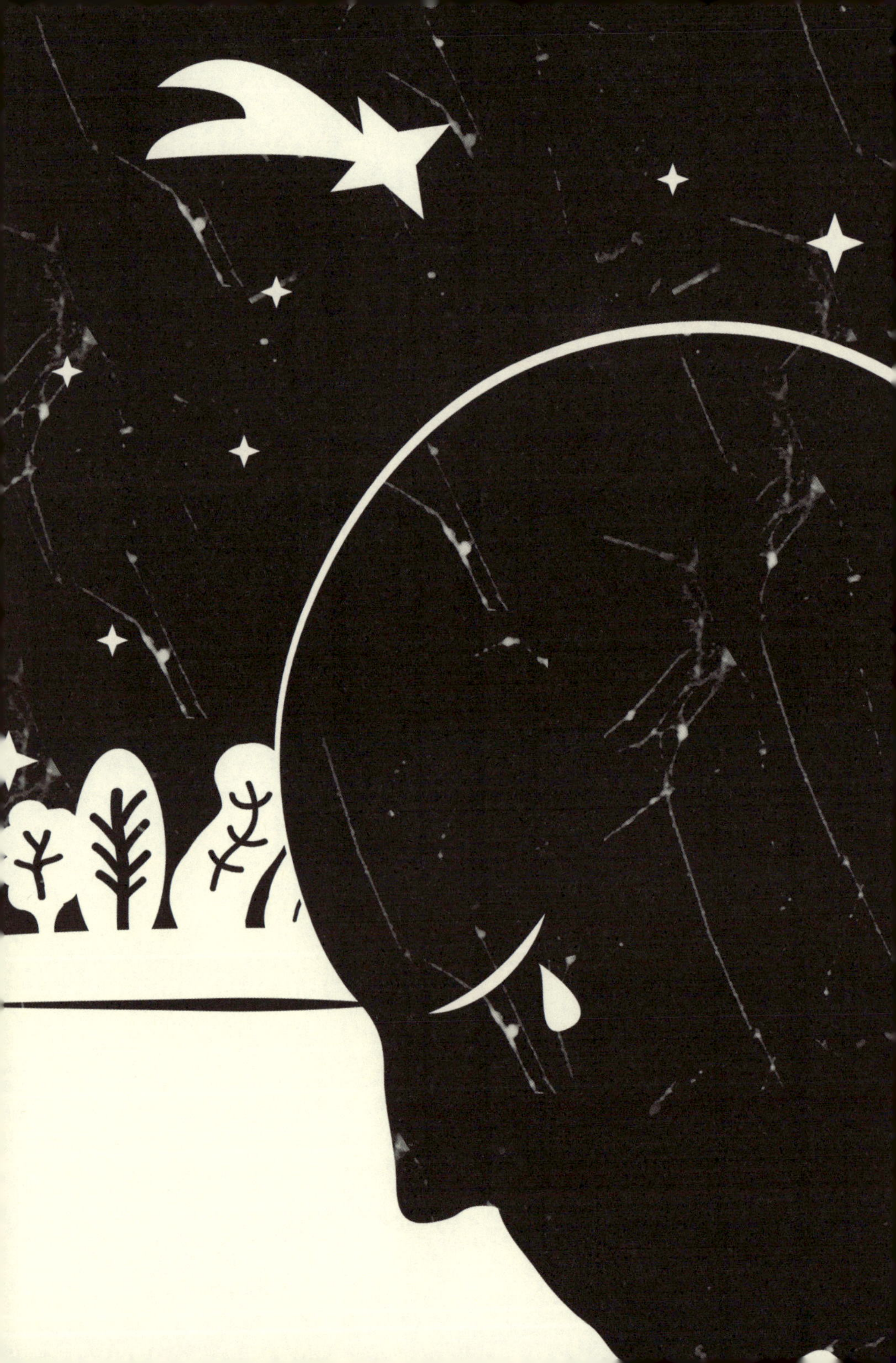

Conto de Natal

É Natal.

Uma chuva miúda, em intermitências, cai desde o meio da manhã sobre o grande vale de Buliliwo, vestido do verde fresco das plantações. A perder de vista, canaviais, arrozais e milheirais prometem fartura, depois daquela longa e severa época de estiagem. O milho já espiga e exibe nas pontas uma barbicha aloirada que é garantia de saúde e de celeiros fartos, transbordantes. Hortaliça variada rasteja em canteiros cercados de valetas onde correm fios de água, límpidos e preguiçosos. Dos pomares evola-se o perfume de fruta madura, abundante e esquecida a apodrecer no chão; bananeiras vergam e acenam despedidas à vida com o amolecer dos cachos; batateiras de tubérculos sólidos e sadios, vagens de feitio variado; melancias de polpa vermelha e suculenta atapetam os solos em redor das casas.

Na estação local, o autocarro de carreira, fumarento e gemebundo, vomita passageiros que suspiram de alívio e de ânsias de rever a família e os amigos. Atrasara-se nos inúmeros apeadeiros, oficiais uns, improvisados outros, segundo as emergências e as necessidades dos passageiros, para descarregar gente e bagagens, no meio de um alarido de quem sabe que está a momentos de chegar ao fim de uma jornada. A bordo, cantilenas e conversas em tom alto dizem o quanto o álcool, sob a complacência dos fiscais, corre a rodos, novas amizades se forjam, antigas pendências se olvidam, novos pactos se ajustam.

Baba Mutikwa saiu da multidão ajoujado de bagagens, o corpo curvado ao peso de sacos e de malas. E como se carregasse consigo todos os sonhos da Humanidade. Como não poderia ser assim se passara todo o ano na cidade a sufocar de saudades da família e da casa, a consumir-se em privações e humilhações sem fim, ao longo de dias e noites, dos superiores que, sabe Deus?, teriam eles notado que era também ser humano? Torna-lhe, todavia, leve o carrego o espectáculo antecipado da imensa alegria que as prendes vão proporcionar. Do fardo daquele calvário ficarão esbatidas imagens, experiências de que reterá apenas o lado cómico e caricato, cuja recordação fará assomar aos lábios um sorriso de triste conformação. As explosões de contentamento, a força daqueles abraços e a espontaneidade de todas aquelas manifestações de júbilo que tanto o comoveram nas ocasiões em que revisitara o lar, dizem-lhe da ansiedade com que o aguardam. Tornara-se para si uma divisa o princípio de que quem de si ou do seu dá um pouco doutro faz um pouco a felicidade.

Animado destes modos, vagaroso o passo, porque mais lesto não pode ser – ou era de propósito, como se ele pretendesse saborear o atraso da chegada? atravessa Popoma, povoação plantada à beira do caminho, submersa em milheirais.

– É bem-vindo à terra, baba Mutikwa – grita alguém do escuro, silhueta de ancião a cambalear ao seu encontro, a voz rouca de aguardente quotidiana. – Que nos traz da cidade?

– Desejos de boa saúde e de prosperidades. Para ti e para a tua família, baba Chidikwe – retribui, cordial.

– Salve, baba Mutikwa – é outra saudação, mais adiante. – Que o ano que vem te traga mais riqueza.

– O mesmo te desejo, baba Mussengui.

– Olhem só quem está a chegar... baba Mutikwa em pessoa! – surpresa não contida naquela voz de mulher.

– Como estás uma mulher, minha filha! – clama Mutikwa, cheio de orgulho e satisfação.
– Boas-festas, baba. O que trazes para mim da cidade? – reclama a voz, que se adivinha de adolescente. Apesar do crepúsculo que se carrega, baba Mutikwa descortina-lhe as feições e adivinha nelas as de, ainda há poucos anos, uma criança que levara ao colo e cumulara de guloseimas e prendinhas.
– Ah! Que diria o ciumento do teu marido se eu te oferecesse o que trago nestes sacos? Teria de lhe pedir autorização... – brinca o velho sem vacilar o passo.
Ela perde-se no caminho a rir.
– *Christmas*, baba Mutikwa – é outro que o saúda, revelando assim a presença de imigrantes na vila que, como ele, provêm de longínquas paragens atulhados de cargas que farão a alegria dos seus íntimos. Vêm embalados de sonhos de iniciar projectos, e exibir os ganhos, de conquistar admiração e ascendência entre os conterrâneos.
– Baba, como pode passar sem me saudar? – reclama outra voz de mulher, em tom de fingida reprovação.
– Oh, os meus olhos estão cansados e neste escuro nem o caminho vejo – passo frouxo para dar atenção à mulher. – Feliz Natal, mamã.
– Feliz Natal, baba. Que muitas alegrias te traga o ano novo.
– E já uma grande alegria ver os nossos campos verdejantes, a nossa fome saciada e ter excedentes para vender.
– Baba, vejo que está muito carregado. Se precisar de uma mão tem já aqui a minha.
– Fico-te grato, minha filha, mas já cheguei ao destino. Mais um passo e estou dentro da minha palhota.
– Sabe quem vi esta manhã na vila?
– Como posso saber se não me dizes?

— A mamã Mutikwa. E vinha com um carrego de coisas que toda a gente só olhava.
— Sempre a mesma...
— Bons manjares o aguardam, baba. Ande depressa porque ela deve estar morta de ansiedade de vê-lo a chegar — sugere a mulher a retomar a marcha, para acabar por desaparecer no meio da vegetação.

Estas e outras mais conversas escoltam-no até à entrada de Kalumbo, etapa final da jornada.

A chuva abre tréguas. A espessura da vegetação adensa-se e com ela a escuridão, quebrada aqui e ali pelo amarelo fosforescente de vaga-lumes.

Rãs coaxam mensagens indecifráveis.

Baba Muitikwa caminha com o pensamento cheio de recordações e projectos. Era bom saber que a esposa o estimava àquele ponto, que ela se esfalfara o dia inteiro nas lojas para lhe proporcionar uma chegada condigna, à altura de um chefe de família respeitado e amado. Como a sua entrada no lar será efusiva, ela a correr ao seu encontro para o aliviar do peso das bagagens, estridências de risos e saudações de boas-vindas! Depois do banho quente, envoltos pela aura cálida do fogo da lareira, ele relatar-lhe-á as maravilhas da cidade, as suas turbulências e os seus ruídos, enfim, todas as excitações, porque as angústias, essas, ocultá-las-ia para si ou esbater-lhes-ia as cores, como se de vagas e supérfluas banalidades se tratasse, demasiado triviais apartes sem nenhum merecimento para reter na memória.

Imagina-se — e um sorriso aflora aos lábios — a recontar muitas e rocambolescas estórias, as palavras trituradas na boca escaldada a rilhar com os dentes velhos, mas rijos e fiéis, grandes nacos de carne fresca, picada e mal passada nas brasas e, para arrematar, a cerveja de mapira a espumar no pote ao lado.

E, uma a uma, para lhe aguçar a curiosidade, doce tormento para uma esposa ansiosa, mostrará à mamã Mutikwa as chitas e os panos multicores que farão inveja à vizinhança. Desta vez fora mais longe, adquirira para ela colares de pedras resplandecentes e braceletes de contas ditas raras.

Surpresa maior reservara para o filho Josefate que, a esta hora, deve estar às voltas no braseiro, as mãos a não chegarem, a assar carnes e a aprontar os aperitivos para a grande noite. Bom filho, o moço, moiro a trabalhar nos campos ao lado da mãe, a quem protege e salvaguarda de todas as adversidades nas prolongadas ausências do pai. Recorda-se que foi com muita relutância que na época passada o filho anuiu à ideia de deixar o seio materno para se juntar a ele na cidade, em trabalhos para os quais, dizia, se não sentia talhado. "Sempre vais aprender algo diferente e não hás de enterrar o resto da tua vida aqui ao pé de mim", dissera-lhe a mãe, que sobre ele tinha maior ascendência do que o pai. E baba Mutikwa, no regresso à cidade, bateu portas e incomodou os influentes da companhia onde trabalhava: queria um emprego para o filho que estava a apodrecer lá na aldeia. E, num dia como outro qualquer, foi chamado ao escritório do capataz; uma despedida em vista?; uma chamada de atenção por alguma falta involuntária? Foi a tremer de emoção que ouviu o responsável anunciar-lhe que tinha uma vaga aberta para um auxiliar de serviços e que o filho, se quisesse, poderia ocupar o lugar. Saiu a cantar. Ele, como pai, cumprira parte da sua obrigação, faltava apenas ter com o filho uma conversa amena para desvanecer-lhe essas sombras e receios, essa timidez descabida, para juntos, num futuro que se antevê muito próximo, partilharem essa felicidade que foi a de merecer a confiança dos superiores e ombrearem nas tarefas lá dos serviços. Grande futuro aí os aguardava. Sob a sua protecção guiá-lo-ia nos complicados acessos à vida da cidade. Incutir-lhe-ia um ânimo novo, criar-lhe-ia novas aspirações. Sabe de muitos que chegaram à cidade com muito menos do que eles, hoje estão aí feitos gente com casa, extensas machambas e lugares de chefia nas empresas. E ele também, baba Mutikwa, não fosse a idade avançada e o corpo a pedir mais descanso, à escola nocturna teria voltado e a estas horas já teria umas boas classes de estudos na bagagem. Para já, e é com muito orgulho que o afirma, tem uma conta bancária aberta e assina a papelada com o seu próprio punho.

Guarda aquela carta de admissão, passaporte de Josefate para mundos novos e exaltantes, com desvelo e sofreguidão até, no bolso do casaco, junto ao coração, como joia em cofre-forte.

E noite dentro – a imaginação ainda projecta eventos – sem, contudo, esgotarem as conversas, recolheria com a mamã Mutikwa aos aposentos do casal na cabana maior para consumarem aqueles arrebatamentos que, sabia, a ambos consumiam. Josefate, esse, se assim o entendesse, que recolhesse à sua palhota com os amigos para se empanturrar de fermentado, que a noite para isso era a apropriada ocasião. Queria-o, contudo, pela manhã, fresco e sóbrio, nos preparativos para receber os que viriam saudá-los e com eles partilharem a paz do dia do Natal. Eram respeitáveis famílias de povoados vizinhos, que laços de amizade remontados dos tempos dos bisavós tornaram parentesco.

Mas eis que um súbito restolhar de vegetação o sobressalta e interrompe-lhe as divagações. Três vultos gigantescos, de má catadura, saltam da espessura do capim das bordas do caminho e interceptam-lhe o passo. Braços de tenaz imobilizam-no.

– Dá-nos o que trazes e poupamos-te a vida – ordena com modos bruscos, a voz cava e desfiada, o que parece caudilhar o grupo. Baba Mutikwa sacode-se com violência e deixa cair as bagagens. Entrado em anos, conserva em si, todavia, muito vigor interior. Num gesto repentino liberta-se do amplexo e despede golpes múltiplos, certeiros e eficazes, que surpreendem os assaltantes. É matar ou morrer. Nunca cederia aquele espólio a quem quer que fosse, ainda que isso a vida viesse a custar. Fora a paga de inenarráveis sacrifícios, de trabalho árduo, a razão de toda uma ausência ao longo daquela época. Que melhor prova de estimação ao seus senão presenteá-los com este tesouro que mãos alheias querem roubar? Que diria a mamã Mutikwa se se apresentasse diante dela com o corpo ensanguentado – poderia ser –, mas de mãos vazias e a boca tartamuda de palavras? Ferida maior no seu orgulho, pior do que a mais humilhante das mortes, é a vergonha de chegar ao lar vencido e despojado do fruto do seu labor, prova concreta de amor pela esposa e pelo filho Josefate.

Impelido por estes pensamentos, novas energias afluem de recessos desconhecidos do seu próprio ser. E tem lugar naquele chão a mais sangrenta batalha de que há memória em toda a região do grande vale de Buliliwo. E uma dança singular, como o guba dos tempos antigos em que os combatentes que tombavam se ungiam de honras. Os golpes sucedem-se, entremeados de grunhidos e gemidos de sofrimento. Os peitos arfam e os corpos enovelam-se neste bailado de morte, até que baba Mutikwa sente uma pontada a penetrar-lhe o coração. Estremece e vacila de dor. Tudo rodopia numa vertigem que o prostra. Leva a mão ao peito, gesto vão de estancar o sangue que, aos borbotões, escapa pela ferida. Em cada golfada um sopro de vida se escoa. As energias desvanecem-se e uma treva que se adensa cobre-lhe os olhos. No meio desta uma aura de luz cresce e, com ela, como numa aparição, a imagem de mamã Mutikwa de braços abertos numa corrida ansiosa para o receber. Nesta agonia serena ele aguarda o encontro, mas a figura, fugidia e inconcreta, esbate-se paulatinamente à distância e a luz acaba por volatilizar-se no escuro.

Vagidos agudos rasgam a quietude da noite: uma criança acabava de nascer algures.

O céu abre-se e as estrelas testemunham a morte de baba Mutikwa.

Mamã Mutikwa está angustiada. Faz vigília sentada na esteira, a auscultar passos ou chamamentos entre os ruídos da noite. A imaginação flutua carregando as cores e a gravidade de prováveis incidentes. A brejeirice popular já lhe fizera chegar a notícia da presença do marido na vila. Viram-no no apeadeiro e à entrada de Kalumbo. Não era de crer que desviasse a rota para saudar velhos conhecidos ou regalar-se com a frescura de bebidas generosamente oferecidas aos caminhantes nas povoações à beira da estrada.

O escuro acentua-se lá fora; o fogo da lareira está moribundo. E de baba Mutikwa nem um sinal! Ergue-se do chão com um surdo queixume. Nem se incomoda em ir bater à porta da cabana do filho que, a esta hora, deve estar a ressonar, bêbado de fermentado, consumido em abundância durante a noite. Abandona a casa a cortar pelo carreiro das traseiras.

Cabritos esfomeados intensificam balidos de protesto nos currais.

O cão da casa espreguiça-se e uiva longa e lugubremente.

Feita sombra, mamã Mutikwa devassa as moitas e as covas das redondezas, espiolha a espessura das copas das árvores, espreita suspeitos movimentos atrás dos arbustos. E assim desemboca na estrada que liga Kalumbo à vila. No lugar paira o silêncio fúnebre dos cemitérios. O lodo do terreno é uma massa escura e revolvida, como se monstros do além-túmulo ali houvessem ressuscitado e tudo destruíssem nesta aparição. Da folhagem, crostas de lama e sangue gotejam, diluídas pelo orvalho da noite. Meio oculto pelo capim na valeta ao lado, um corpo jaz de borco, inerte e frio. E o cadáver de baba Mutikwa, ancião ainda há poucas horas palpitante de vida, boca de humor, generoso e cortês, perecido às mãos de quadrilheiros.

– Mataram o meu homem!... mataram baba Mutikwa!... – grito lancinante, estribilho angustiado que vara o silêncio da madrugada e vaga no ramalhal das plantações. Casais suspendem carícias e escutam. Os galos calam seus cantos.

De distintos carreiros ou a cortar pelas matas, a vizinhança acorre ao local donde provém o lamento. E encontram mamã Mutikwa de mãos à cabeça, os olhos dilatados de estupefação e sofrimento.

Todos solidarizam-se na dor.

Sob o comando de um ancião, destacam-se grupos, dos quais o primeiro fica a velar pelo corpo e a proceder aos necessários trâmites para o transporte do mesmo a lugar seguro e respeitável; o segundo formará o cortejo de matronas com a função de escoltar a viúva de regresso a casa, acompanhá-la durante o período de luto, assim como providenciar assistência a amigos e parentes que afluirão de lugares distantes para prestar tributos ao falecido. O ancião, ele próprio, caudilha os homens que vão anunciar o óbito ao filho do defunto e apresentar-lhe condolências em nome da comunidade. A meia voz, os homens questionam-se, perguntas que vagam no ar sem resposta: quem poderia ter cometido semelhante barbaridade; em que circunstâncias e porque razão? Lugar pacífico, onde a sobriedade dos costumes e o respeito mútuo entre os habitantes são já valores embutidos na alma de cada um, que se saiba, em Buliliwo nunca se registaram tamanhas calamidades, ressalvadas as muito insignificantes e costumeiras querelas domésticas ou entre vizinhos, que se sanam com grossas bebedeiras nos botequins da vila.

– Isto é obra de gente da cidade – aventa alguém no meio da comitiva. Que não, que são esses imigrantes de má nota, todos cheios de poses, de chapéus à banda e patilhas, que trazem do estrangeiro estes sinistros hábitos; vêm com muito dinheiro, mas ainda roubam o nosso e... matam-nos!

Assim chegam ao largo do lar Mutikwa. Faz-se silêncio. Do interior da cabana de Josefate filtra-se o ressoar grave de quem dorme um sono tranquilo. O ancião destaca-se e, com suavidade, bate à porta repetidas vezes sem obter resposta. Instigado pelos demais, força a entrada sem produzir muito ruído. Josefate desperta em sobressalto. Esfrega os olhos, feridos pela luz que penetra pela entrada. Apresenta no rosto frescas marcas de lanhos e inchaços que lhe desfiguram as feições. O chão da cabana parece o de uma venda, dessas que abundam lá na vila: duas malas escancaradas exibem no interior colares e braceletes de brilho ofuscante, chitas de cores berrantes, vestidos de talhe curioso, camisas e um fato de corte moderno para homem. E tudo quanto resta das partilhas.

Josefate ergue-se com movimento perros e preguiçosos para indagar sobre os motivos daquela intromissão. Todos fitam-no com surpresa e incredulidade. Do bolso interior do casacão abandonado ao lado do catre espreita a lâmina ensanguentada da naifa com que matara o pai.

Glossário

Arrecadação: local onde se guarda alguma coisa; lugar para depósito.
Banja: reunião, assembleia.
Bhanga: festa, farra.
Lângua: planície relativamente nova, às vezes recentemente banhada pelo mar.
Machamba: terreno agrícola para produção familiar.
Machimbombo: ônibus.
Mafurreira/ mafureira: árvore de cujas sementes se extrai um óleo usado para temperar alimentos.
Nhaca: terra preta, terreno pantanoso.
Talho: açougue.
Tando: acampamento; lugar de reunião de pessoas.
Uputso: bebida tradicional fermentada, produzida com farinha de milho cozida e mexoeira germinada e pilada.

Obras do Autor

- *Xitala-Mati*, contos, 1987 (AEMO); 2 ed. 2007 (Edição do Autor); 3 ed. 2013 (Alcance Editores).
- *Magustana*, novela, 1992 (Cadernos Tempo); 2 ed. 2011 (Texto Editores).
- *A noiva de Kebera*, contos, 1994 (Editora Escolar); 2 ed. 2011 (Texto Editores).
- *A Rosa Xintimana*, romance 2001 (Prémio TDM 2002), (Ndjira); 2 ed. 2012 (Alcance Editores).
- *O domador de burros e outros contos*, contos (Prémio de Literatura da Vinci 2003), (Ndjira); 2 ed. 2007 (Ndjira), 3 ed. 2010 (Ndjira).
- *A metamorfose e outros contos*, contos 2005 (Imprensa Universitária).
- *Meledina* (ou a história duma prostituta), romance 2004 (Ndjira); 2 ed. 2009 (Ndjira); 3 ed. 2010 (Ndjira).
- *Contos rústicos*, contos 2007 (Texto Editores).
- *Contravenção, uma história de amor em tempo de guerra*, romance, 2008 (Prémio Literário José Craveirinha 2009), (Ndjira).
- *Mitos, estórias de espiritualidade*, contos 2011 (Alcance Editores).
- *Nghamula, o homem do tchova,ou o ecplipse de um cidadão*, romance 2012 (Alcance Editores).
- *Contos profanos*, contos 2013 (Alcance Editores).
- *Caderno de memórias*, Volume I, contos 2013 (Alcance Editores).
- *Caderno de memórias*, Volume II, romance 2015 (Edição do Autor).

fontes	Colaborate (Carrois Type Design)
	Seravek (Process Type Foundry)
	Gandhi Serif (Librerias Gandhi)
papel	Pólen Bold 90 g/m²
impressão	Printcrom Gráfica e Editora Ltda.